唐師

參章
多事之秋

The Master of Tang Dynasty

離人望左岸 著

目次

第六十九章

聖火之子臨戰天威

「隆！隆！隆！隆！」

敵軍的整齊步伐聲聲撼動著大地的脈搏，如天地在敲擊悲愴的戰鼓，古時作戰多在白晝，皆因夜間不辨敵我，然有著白雪映照，雙方又甲胄分明，夜間對契苾何力部隊突襲有著掩護作用，故而李靖也只有夜間出戰。

對於徐真而言，夜間更為有利，因為重炮「真武大將軍」的有效射程是二里，而尋常弓弩有百步之威已然了不得，未等敵人近身，他的真武大將軍早已足夠製造一場大屠殺了！

阿史那厲爾譏起眼睛來，那如鷹隼一般的雙目透過風雪，見得甘州城下稀稀拉拉七八個方陣，憑藉著暗影，推測對方人數並不多，心中頓時有些疑惑不解。

然其自信雄心足以蓋過敵人任何的花樣，弟兄們呼出的熱氣足以融化寒雪，弟兄們的熱血足以讓天地為之變色！

不需徐真吩咐，神火營的弟兄已經將搬運大炮的馬匹都放回了城中，又搬運巨石，將六門大炮呈扇形固定在了城門前方，如一個半圓壁壘一般，將城門護住，而神火營左右各有一千重甲騎兵，只等神火營掃蕩一番，他們就會果斷出擊！

李淳風立於城頭，看著徐真傲立風雪的背影，感覺徐真就像融入到夜色與風雪之中那般，讓人越發看不透，就像超脫了這世間，雖然他就站在軍士之中，但李淳風卻覺得他就像一道虛無的幻影，以局外人的身份，俯視著整個戰場！

六門火炮的炮口高低不同，從左至右緩緩抬高，一門高過一門，李淳風知曉，那是為了透過角度的調整，獲得不同的射程。

因為閻立德將炮身固定在了炮架之上，使用過程當中無法調整射程，故而徐真才將六門炮設置成了不同的高度。

在此過程當中，李淳風還主持了射程計算的工作，也正是因為這個計算工作，讓他認識到徐真的才智有多麼的驚豔絕世！

他李淳風沉迷算術，對前朝遺留之《周髀算經》、《九章算術》、《綴術》、《孫子算經》等玄奧著作皆有鑽研，多年積累，也算小有所成。

然徐真計算彈道所用之法頗為新奇，幾個提及的新理論也是從所未見，雖徐真強調乃是祆教秘典所載，可李淳風卻能夠看得出來，此法並非古時流傳，卻擁有著開闢新路的創意，很難想像徐真這年輕的身軀之中，住著多麼睿智而廣博的靈魂！

善射之人或許能夠估算箭矢的力度與準頭，甚至能夠參考風力影響等因素，然大多數人也是只可意會而不可言傳，知其然而不知其所以然，可徐真卻確切地將一切因素都計算在內，這也讓李淳風看到了計算之道的另一扇大門，若推廣開來，世間萬物之因果，是否也能夠通過千萬種因素，計算出些許徵兆來？

這樣的想法讓李淳風感到有些恐懼，一如聖徒開了慧眼，用一種超脫了世俗的目光，開始觀察這個世界！

徐真自然不會知道李淳風在想著這些，他的注意力全部放在了前方黑壓壓的敵軍身上，二里路也就約莫一千公尺，這也是真武大將軍的有效射程，極具壓迫力的敵軍方陣整齊劃一，帶著沖天殺氣，很快就進入到了射程之內！

「亞羅炮，開！」

徐真拔出長刀，遙指二里開外的敵軍方陣，一聲暴喝，第六門重炮的後方，胤宗接過火炬，點燃了炮尾的火線！

這八門真武大將軍火炮，又被徐真冠以祆教邪神之名，亞羅炮的炮口最高，射程自是最遠，此時也不求殺傷，只想著實驗一番，若火炮無力，再逐一調整，也好讓其他營的軍士做好死戰的準備。

「滋滋滋！」

粗大而短小的火線如發光的蛇一般鑽入到炮身之中，所有人都屏住了呼吸！

此舉關係到整個甘州，關係到戰場上所有人的性命，同樣是包括了對面阿史那部族軍士的性命！

「轟！」

這是天穹的悶吼！這是大地的咆哮！如同地下有著一頭遠古巨獸，即將要破土而出，大地猛烈震撼，一團火光從炮口短暫噴吐出來，就如那雷公爺劈下的雷霆！

士兵們紛紛後退，神火營的弟兄驚恐萬分，開始吟唱祆教的經文，城頭上的李靖只覺得心頭一緊，熱血不斷的往上湧！

李淳風與閻立德喃喃自語，他們參與了真武大將軍的研發，此刻見得火炮如此聲威，頓時流下了淚水來，這是見證改變世界的一刻，而這一壯舉，有著他們的一份功勞，這足以載入史冊的一幕，有著他們揮灑汗水的身影！

徐真耳朵嗡嗡作響，一陣陣頭暈目眩，但他卻咬緊了牙關，遙望著對面的敵軍方陣！

阿史那厲爾這邊顯然也被這一巨響嚇了一跳，他們不曉得徐真有火炮，只覺這是一聲悶雷，然而冬雪紛紛，又如何能招來天雷？

如此反常的天象變化，使得本來士氣高漲的阿史那軍士們，心中多少有些不安，因為他們早就聽說唐軍之中有一名「燒柴人」，乃是聖火教的葉爾博，曾經在薩勒部展現過神跡，此時冬雷震震，又見得對面閃爍烈焰，難不成是那傳說中的阿胡拉之子請下了神靈？

軍士們開始議論紛紛，徐真之名更是不脛而走，然而阿史那厲爾卻預先感受到了人心的不穩，派出督戰隊，喝止了軍士們的議論，並鼓舞著道。

「諸位弟兄！吾等皆狼母後裔，草原上的王者，這徐真不過是唐國的市井小人，得了些許好運，要弄些掩人耳目的戲法，胡天蠻教又有何可懼！待我等踐踏了城池，看他可得生還否！」

阿史那厲爾一番鼓舞，果真扭轉了士氣，將士們氣宇高昂，鐵骨錚錚，一邊行軍，一邊高呼：「浩熱！浩熱！」

然而一股怪異的嘶嘶聲卻混雜在人呼馬嘶之中，一顆西瓜大的鐵彈如隕石一般斜斜落入前方的步卒陣營之中！

「轟！」

一名步卒連同手中大盾瞬間被砸成齏粉，肉泥碎骨四處濺射，炮彈的餘威波及四處，四五名士兵紛紛倒地，方陣被轟開一個小口！

雖然死傷並不大，放在上萬人的戰陣之中，簡直就如滄海一粟，不足一提，然所有人都被恐懼佔據了心房！

因為他們解釋不了這顆鐵彈為何從天而降，因為他們距離唐軍還有二里地，因為他們都知曉這是人力所無法做到的事情！

那名步卒的慘死之狀以及鐵彈的威力，似乎隨著冰冷的呼吸，進入每一名士兵的胸腔之中，將他們壓制下去的恐懼，再次拖扯了出來，死亡的氣息如那無孔不入的寒氣，四處彌散，傳遞到每個人的內心深處！

阿史那厲爾心頭一跳，他也無法解釋這到底是什麼情況，但作為一名鐵血王將，他知道如果不遏制這股恐懼，此戰必敗無疑！

「這是他們的投石車！不要害怕！加快速度！前進！前進！」

阿史那暴怒地吼道，督戰隊揮舞著彎刀，驅使著早已驚恐的士兵，不斷加快著腳步，但連他們自己都不相信這是投石車，李靖軍想要突圍，又不是攻城，怎可能搬出投石車來，就算是投石車，也不可能跨越如此長遠的距離！

敵軍心頭震懾之際，反觀唐軍這邊，大家卻頗為失望，因為發炮之時雖然雷霆震懾，聲威驚天，然而視野模糊，那顆鐵彈入泥牛入海，根本就沒有反饋回來任何的成果！

然而徐真站在最前方，他能夠明顯感受到敵軍發生了短暫的騷亂，看著亞羅炮再次填裝完畢，徐真又揮動了長刀！

「轟！」

因為步卒方陣往前移動，這一次鐵彈卻轟入了步卒方陣的中心處，再次炸開一小片空白來，鮮血瞬間迸射開來，一如白布上盛開的一朵碩大紅牡丹！

「不對勁！全速前進！全速前進！」

阿史那厲爾終於察覺到危險，猜到這或許是敵軍發明的新式軍械，大唐人才濟濟，對武器改良又有經驗，造出如此詭異的軍械來，也不足為奇，只要全速前進，讓弓手得到有效的射程，瓢潑如蝗如雨的羽箭攻擊之下，任他什麼新式軍械，都要被壓得毫無還手之力！

見得敵人加速，徐真面色卻沉靜如水，命令第五門炮和第四門尾隨亞羅炮開火，因為事先演練過，三門炮之間實行無縫銜接，以期可以得到最高的效率，故而炮聲隆隆不斷，一如天上的巨靈神在敲打著天蓋！

看著敵人越來越近，城門的遊騎也是緊張得全身發汗，胯下戰馬雖然距離遠了一些，但被炮聲驚嚇，也是變得極為暴躁不安，在他們的眼中，徐真的神火營，無疑是失敗了！

「大將軍！此豎子誤人也！空有聲威而無實質殺傷，浪費諸多錢糧財物，卻造出這等空殼子來，還請大將軍下令，某帶軍衝殺，勢必死而後已！」薛萬徹等一干老將紛紛急忙請命，然而李靖是何人也，目光如炬，洞若觀火，早已將敵軍陣營的慌亂看在眼中！

見得一干老將急得跳腳，李靖卻鎮靜自如，看著指揮有度的徐真，也不轉頭，冷靜地說道：「老夫相信徐都尉，此戰必勝矣！」

說話時分，敵人已進入一里的範圍之內，徐真此時卻是五門炮在接連發射，積少成多聚沙成塔，雖然殺傷的人數也慢慢變得可觀起來，然而卻仍舊無法撼動敵軍的人數優勢，值得欣慰的是，敵人的士氣已經被火炮的詭異威力，嚇退了七八分！

眼看著就要進入敵人弓手方陣的射程範圍，徐真終於舉起手中長刀，回身示意城頭那兩門炮，以及還未開火的第一門炮，沉聲下令道：「填裝石彈！」

第七十章

火炮暫歇亂戰開始

大軍壓境，兵臨城下，該當奮力廝殺之際，聽聞徐真要填石彈，諸多將士更是拍髀嘆息，這鐵彈都不曾見效，石彈又有何用，此戰必敗於這裝神弄鬼的徐真之手矣！

然而李淳風和閻立德卻相視而笑，繼而哈哈大笑起來，連前方的李靖都不由回過頭來，饒有興趣地問道：「二位有何可笑？」

李淳風手指城下敵軍，傲然答曰：「將軍且看，此軍必成齏粉飛灰也！」

眾人正疑惑這李淳風是否吃了徐真的瘋藥，空口說胡話，卻聽得城頭兩門火炮發動了巨響，煙火過後，前沖的敵軍方陣，大片大片倒下，一如清水衝開了濃墨團！

「這不可能！」

所有人都為之震驚起來！

李靖微瞇著雙眼，初時迷惑，但很快就推想出了答案來，這火炮如此威猛，石彈勢必會被崩裂成無數碎片，那碎片如漫天落星飛石，輕易洞穿前方敵人的鎧甲，開始大範圍殺傷敵軍！

吐谷渾方面也是膽肝俱裂，越發靠近，他們就越是感受到「真武大將軍」那如同天地之威的兇猛，前方步卒如同割麥刈草般大片倒下，衝鋒的軍將們心頭發寒，哪裡還有半分戰意！

三門火炮接連發射，間隔也就只有短短的片刻，漫天的碎屑硬生生在城頭半里的範圍形成了一個扇形的死亡地帶，任是敵人如何衝擊，都無法衝破這道火炮防線，所遺留下來的，只有越堆越高的殘破屍骸罷了！

阿史那厲爾也是心驚膽戰，弓箭手還遠遠未能進入有效射程之內，若是此時退縮，勢必大敗無疑，他也只有硬著頭皮發出指令來，命步卒層層舉盾連成一片壁壘，抵擋碎裂的流彈攻擊，而左右兩側遊騎卻是如咆哮的鋼鐵巨龍一般衝鋒而出！

「衝殺！」

鐵蹄震撼著大地，二千遊騎眨眼間就從左右兩側繞開了三門近炮的射殺範圍，一旦讓他們沖入方陣之中，神火營定然土崩瓦解矣！

然而神火營兩側早已埋伏著蠢蠢欲動的騎兵，而城頭之上以及城門的後方，還立著弓箭手方陣，又豈能讓對方的游騎得手！

「放箭！」

不需李靖招呼，那些個將領紛紛高喊起來，城頭城下的弓箭手一同放飛手中羽箭，一時間白羽遮天，如那夜空中飄來的大片雲朵，籠罩在了衝鋒而來的遊騎兵頭頂！

「噗嗤嗤！」

箭矢破甲刺入血肉之聲連成一片，左右兩側夾擊的遊騎兵當頭被射翻了上百，一如狂潮撞上堤壩，陣型都幾乎潰散掉！

遊騎兵早已心有怯意，然阿史那厲爾卻不願放棄，緊隨而至的騎兵也無法收住腳步，否則後方撞上前面弟兄，相互踐踏一番，死傷會更加的嚴重！

騎兵的衝鋒關鍵就在於數量眾多，凝聚成一股無可抵擋之力，斷然沒有倉皇退縮之理，此時也只能死命往前衝擊。

然而甘州方面的後方弓箭手方陣輪射了一番之後，卻是調出了一個五百人的步卒方陣來，此陣之步卒並未舉盾持槍，而是個個端著樣式古怪的機弩，十人為一排，三排為一團，前十人蹲伏，中間半蹲，後面十人則站姿待射。

野虜騎兵躲開了火炮死亡線，又僥倖躲過了箭雨，見得前方最後一道防線只是陣型微小的機弩方陣，心頭大喜，急刺馬腹，加速衝刺過來！

他們的後方早已被火炮絞殺成一團爛泥，若這支騎兵無法摧毀神火營，阿史那厲爾也只有敗亡之路途了！

當他將希望都寄託在左右兩支騎兵身上之時，啰啰啰的機弩觸發聲卻是充斥於隆隆炮聲之中，而前方的騎兵，卻開始紛紛落馬！

雖然每團只有三十人，但他們所持有的，卻是閻立德改良了體型之後的元戎連弩，每人十支鐵箭，每一團就能夠連射三百箭！

而且前面那一團射完之後，後面的團隊就會無縫跟上，五百人的連弩營如風車一般不斷運轉，那力道奇大，角度極準的連弩就好似從未間斷過，鐵箭矢如疾風驟雨不停歇，當頭的騎兵頓時折損了一半！

「我的老天爺爺咧！」這些騎兵撐不住連弩的恐怖威力，頓時潰不成軍，也不消阿史那厲爾下令，紛紛從兩邊散開，倉皇逃命去也！

騎兵無法抵擋箭矢風暴，更無法靠近神火營，也就更別說摧毀徐真那六門真武大將軍，當騎兵開始潰敗之際，中軍的步卒和弓手早已陣形大亂，眼見敗事已定，紛紛騷亂起來，督戰隊都沒有再殺人示威，以催促士兵前進，因為督戰隊都開始紛紛後撤了！

「千殺的賊子！還不快傳我命令，調葛爾赫的五千人來助陣嗎！」阿史那厲爾親自督戰，斬了帶頭逃命的幾個低階軍官之後，連忙呼喝親兵到後方去傳令。

葛爾赫父子的那五千軍，乃留守後方，以防止契苾何力突襲，此刻為了扭轉頹勢，也只有先調過來拚命。

正危難之際，戰場上卻突然變得極其安靜！彷彿天地停止了喧鬧一般，這種錯覺實在是微妙！

經歷了短暫的安靜之後，人喊馬嘶，箭雨破空之聲，傷殘軍士的哀嚎求救又再一次湧入到耳中，原來適才的短暫靜謐，是因為少了不曾間斷過的火炮之聲！

「炮彈用光了！」

阿史那厲爾心頭狂喜，諸多將領似又看到了勝利的曙光，因為火炮變啞巴，諸多阿史那亂兵紛紛糾集了起來，士氣聲威大震！

徐真也是無可奈何，倒也並非炮彈打沒了，而是火藥耗光了！

為了研製這些火藥，李淳風與閻立德幾乎動用了軍中所有的相關資源，硝磺、朱砂、水銀之屬，乃丹鼎大家珍愛之物，金貴珍稀，能攢出這許多火藥，任憑大唐軍力強盛，也只能做到這種程度，再多卻是沒了法子。

火炮一停，敵軍頓時反撲而來，然而經過火炮和連弩的一番滅殺，敵軍力量被極大削弱，徐真也毫不膽怯，不等城中主力部隊出擊，已然抽出手中長刀來，大喝一聲道：「神火營的弟兄何在！」

麾下一干弟兄們齊聲應命，紛紛揮舞兵刃，尾隨徐真殺將過去！

徐真雙手緊握刀柄，狹長刀身倒拖於身後，疾行數步變為狂奔前衝，對面一名敵人壓肘平端步槊，猛然朝徐真刺了過來！

「撒手！」

徐真一聲暴喝，箭步向前，避過槊刃，長刀卻是沿著槊桿子一削到底，那敵人雙手應聲而斷，徐真再補一刀，斬落碩大頭顱！

見得自家主公英勇當先，弟兄們一個個也是不落人後，而城中雄兵也如潮水一般湧出來，雙方進入到了近身血戰的節奏！

徐真這邊人才濟濟，猛將如雲，且看謝安廷白甲銀槍賽過後漢馬超，周滄巨刀生風比肩翼德典韋，高賀術如蠻熊般橫衝直撞，鐵蒺藜骨朵四處掀起潑天血雨，似那追命的修羅，胤宗來去如風斬首殺戮盡顯閃電之快勢，薛大義一柄橫刀中規中矩，攻防有度，卻無懈可擊，秦廣一雙長劍左右互搏，鋒銳無邊！

諸多弟兄們更是如那蒼龍升海，似那猛虎出柙，又像狼豹之獸潮，人人爭先，個個奮勇，殺得是酣暢淋漓！

薛萬徹雖有些自己的醃臢勾當，然卻是貨真價實的戰爭悍將，領軍從城中殺出來，眨眼間犁出一道長長的血路來，幾乎將地方戰陣一截兩半！

李德獎武藝高超，又有他家大人在城頭觀望考校，使出渾身解數來，一柄詭異紅刃上下翻飛，左右劈砍，鮮血噴湧全身，狀如邪神惡鬼，甘州守軍氣勢如龍，威猛似虎，殺得是白地變血池！

阿史那厲爾本以為來了轉機，看著火炮歇了，直以為反敗為勝的時機到來，沒想到實力折損太過嚴重，士氣又落了下乘，如此一衝突，又折損了好幾百人頭！

他氣得嗷嗷直叫，覷準了徐真的方位，拍打胯下栗色大馬，揮舞手中五十多斤重的古意大戟，直取徐真而來！

諸多兵器之中，若論修練之難易，有歌訣謂之：「一月棍，一年刀，十年劍，一輩子長槍。」

這槊卻是比槍還要難耍半分，而比槊還要難練的，卻是這古時大戟！凡使大戟者，若非沽名釣譽的假小人，便是以一敵百的大梟雄！

也虧得這阿史那厲爾是個人物，五十多斤的丈六大戟，硬生生使出了七八百斤的霸王英雄氣，那馬兒嘶嘶，手中大戟翻飛如龍，卻是以長壓短，就要取了徐真的性命！

徐真也是在賣命打拚，滿身鮮血與雪泥，手中長刀嘶嘶破空，將紛紛落下的雪花切了個對半，而後砍下敵人半邊下巴來，再一刀，直捅了心窩子，白進紅出，兇猛如豺狼！

這廂打得膠著，卻不想阿史那厲爾找上門來，待得徐真醒過神來，寒芒森森的大戟已然橫砍了過來！

阿史那厲爾這杆大戟也是有些古怪，並非大將常用的雄戟，也不是演義之中的方天畫戟，亦非輕巧之勾槍，更不像古時制式卜形戟，而是少見的鉞戟！

這鉞戟又私名「戚鉾」，戚是小鉞，鉾即通假於矛，起源於大漢，卻未得推廣，古籍亦無記載，乃罕有之兵器，戟頭安有鉞刃，即可入長柄斧一般劈砍，亦可憑藉尖端小枝做那長矛突刺，變化多端，頗難上手。

然阿史那厲爾卻是十年如一日耍弄著奇門兵刃，手腳嫺熟，眼看著就要將徐真一戟了結，卻不想斜斜裡卻突然跑出一個大漢子來，抽了戰場上的長槊，直往厲爾臉面上投擲過來！

阿史那厲爾猝不及防，只能拋下徐真，低頭躲過那飛來長槊，而投槊之人已然趁機欺近，暴喝一聲，手中古怪大刀猛然將厲爾的馬前蹄給砍將下來！

「賊子好膽！」

厲爾怒罵一聲，卻是從馬背上跌落了下來！

第七十一章

戰局已定公主危急

這一戰從子午時辰拖到卯時，天發亮之際白雪越發沉重，紛紛揚揚卻掩蓋不住屍橫遍野血流成河。

任是阿史那厲爾一身虎膽英雄氣，此刻都氣喘如牛似那強弩之末，手中鉞戟也變得沉甸甸沒得力氣提起。

自從被周滄斬了馬前蹄，跌落了戰陣，他就一直纏著徐真，雙方相互糾結，你來我往，期間自有親兵相護，雖傷不得大體，身上傷勢卻也越積越多，鬥志卻不曾落了半分！

徐真雖然年輕氣盛，但得了李靖的《增演易經洗髓內功》，氣息綿長活力渾厚，也不怯了厲爾的年富力壯。

甘州守軍氣勢如虹，戰線一路從城門推移到城外十里，沿途躺滿了屍骨刀兵，馬兒四處亂跑，卻是那大雪都無法掩埋得住！

阿史那厲爾也是心中悲憤，多有英雄窮途末路的傷感，想那葛爾赫該是臨陣丟了主帥，自顧亡命走了罷，午夜使喚親兵去搬運救援，到得如今卯時天亮，這數里路就是橫著滾，也該是滾到這廂來了。

眼看著二萬兵馬被徐真火炮一番掃蕩，又遭那箭雨連弩一通亂射，折損了小半，猝然之下，又被甘州守軍一番衝突，亂糟糟沒個決策核心，又丟了數千首級，鏖戰到得天亮，早已十不存一，眼下只剩苦哈哈的三四千人，兀自艱難支撐著不肯離去。

這些可都是厲爾的掌心肉，都是他一把手從草原最底層帶起來的死士親兵，戰鬥力絕非等閒，奈何如此長時間的消磨，卻是經不住唐軍的奮勇，折損了這好多人馬，該是大局已定，厲爾卻不願就此狼狽逃難，心中一時猶豫，又被追剿了一段，數百條人命就這麼被留了下來。

唐軍這邊也不好受，雖是乘勝之勢，將士鼓舞，大快人心，然畢竟人數處於劣勢，持久鏖戰之下，慢慢也是頹然，連拿年近七十的老軍神，此時都不顧勸阻，傲立於風雪之中，在後方擂鼓助威！

徐真用那長刀拄著，外頭下著雪，紅甲內裡卻出著汗，渾身乏力，手腳顫抖，不知還能支撐到哪一時刻，放眼望去，雖大雪紛飛，卻遍地血紅，如那煉獄現了人間，實教人心頭發寒。

然一路走來，莫不是為了這一決戰，若苦於微末艱難就輕易放棄，又豈是大丈夫所為，怎能積蓄雄壯軍氣？

念及此處，徐真那佈滿血絲的雙目陡然亮了起來，如同注入了萬千活力，見得一名阿柴嗷嗷著衝殺過來，他猛踢刀頭，掀起雪泥，正潑灑在那敵人臉面之上，手起刀落，對面人頭落地，骨碌碌滾了兩圈半！

他只覺得自己已經麻木不仁，可每次見得自己手下亡者，仍舊不忍直視，卻又無可奈何，只盼著這一戰儘早結束，好謀了三四斤軍功，賞賜個不大不小的官兒，回到長安繼續混吃等死作罷。

只是周滄與謝安廷等一干狼虎兒郎卻是興致勃勃，鬧騰了大半夜，卻不見得困乏無力，手中兵刃早已豁口如鋸齒，也不知砍斷了多少脖頸骨，如今還氣勢洶洶殺氣騰騰，將這些個阿柴追殺了一路，簡直落花流水，留得片甲卻留不得頭！

「罷了罷了！去去去！都與我逃了命去！」阿史那厲爾自不是那短氣的英雄，然時勢弄人，若非出了徐真這麼個魔頭，又如何讓這八門挨千殺的火炮，葬送了好端端的戰局，自古戰事，時也，命也，既有那亂世出英雄，自然有那被殺的老漢。

阿史那厲爾雖然不願承認了這事，然則事實確確實實如此，自己就是那無奈被淘汰的老漢了。

諸多親兵早已丟了肝膽，聽得主帥下了退兵的令，灰溜溜一路狂奔，連頭也不敢回，生怕一扭頭，眼睛裡看到的只是一片刀劍的奪命寒芒。

又走得二里地，背靠了黑水河，諸人力氣不濟，卻是想著遲早要被追死，不若置之死地而後生，哪怕死了，也要用那馬革裹了屍身，也不枉戎馬半生，活得痛不痛快自是另說，死時卻要有頭有臉堂堂正正了。

既心生死志，也就慢慢緩了下來，正欲與追兵拚命來著，黑水河那邊卻是人喊馬嘶，蹄聲隆隆敲了大地鼓，一隊人馬林林總總說不得有三四千，浩浩蕩蕩就穿了風雪過來。

風急雪大，阿史那厲爾也看得不甚清晰，只覺得該是葛爾赫父子發現良心，過來救援同袍了。

轉念一想，戰爭最關鍵之時都不曾來看一眼，此時來該是收拾殘局，坐收了漁翁好處，卻是教人恨之入骨卻又不得不心生期待。

若真叫這父子倆抓準了這時機，說不得久戰了半夜的唐軍會被反殺個乾淨，如此一來，功勞可就全落在慕容家父子倆手裡頭了！

然而現在連命都顧不上，阿史那厲爾何曾想到這些個事情，連忙帶著弟兄往黑水河下游轉移，又被掩殺了一番，風雪淒淒慘慘，讓人好不心酸。

徐真等一干唐軍追得遠了些，也不太安心，見得風雪之中刀槍旗幟林立四野，心裡頭也是發了慌，同樣放慢了腳步子，集結了陣型，做了個防禦的姿態，緩緩往前推進。

若說賣力拚命，周滄等幾個弟兄自然不怯任何人，連張久年這等謀臣，都殺得滿身滿臉是血，但若說道推敲戰局變化，又有誰人敢在李靖面前稱大？

雖在後方擂鼓激勵，然老軍神時刻不在關注著戰場局勢之變化，此時異軍突起，由不得心生警兆，然細細想了一番，卻抓住了些許苗頭來，當即下令道：「都衝殺上去，莫走脫半個賊虜！」

諸多弟兄還在擔憂對岸是敵是友，主將卻是下了死命，諸將士又豈敢不賣命追擊？當即抖擻了精神，將地上的敵人屍首踢開，扒了一口乾淨白雪，草草塞入嘴中解了饑渴，又不要命地往前衝殺！

徐真也不明白李靖何以如此，所謂窮寇莫追，自是有著天大的道理，阿史那厲爾的殘部已然沒了威脅，為何要如此趕盡殺絕？就不怕狗急跳牆，多葬送了弟兄們的性命？

然而張久年卻是冷靜了下來，思前想後，不得不將老軍神的底氣，放在了契苾何力的身上！

想起契苾何力的援軍，諸人也是精神振奮，主帥如此決絕，想來也是寄託了殷切切的希望，只好硬著頭皮賭他一把！

「唉！」

徐真悶哼一聲，拔起百斤重的步子，跟著人潮往前走，卻已然聽得前面喊殺震天！這番生力軍氣勢驚天動地，為這死氣沉沉的戰場注入了新鮮的活力，說不得又得要白流鮮血染了黑水河。

只是雙方都在賭，這援軍到底是慕容寒竹與葛爾赫的狼騎，還是契苾何力的大軍。

不過聽得這喊殺聲與沉悶的死前哀嚎，軍中袍澤都振奮起來，因為喊殺聲乃大唐言語，而非賊虜腔調，雖晚則晚矣，然契苾何力的援軍，終究還是來到了！

阿史那厲爾仰天長嘆，自謂回天乏術，只好接過親兵遞過的轡繩，跨上一匹大馬，帶著不足一千的殘兵，往祁連山方向逃亡。

此時天寒地凍，他們身上大多帶有傷勢，隨身又無糧食，入了祁連山，跟自尋短見有何區別？

契苾何力也是個明白人，掩殺了一番之後，也就勒住了隊伍，與李靖相見之後，各自描述戰況，契苾何力卻是遮遮掩掩，不太爽利。

此戰之所以能大獲全勝，皆賴徐真神火營那八門神火炮之威，李靖也不避嫌避諱，加上契苾何力與徐真又相熟，故而命人沿途打掃，自己人卻是紮下了臨時中帳，一干將領於中慶功議事。

李靖不敢坐，自然無人敢坐，待得李靖坐下了，仍舊無人敢坐，目光卻都投在徐真的身上。

若無徐真，他們連屁股都保不住，徐真占了這首功，何人還敢小覷？

徐真也不是那糊塗人兒，自然不敢開口，待得謀士劉樹藝誠意相邀，他才賣了個乖巧，讓薛萬徹和契苾何力先入了座，又是一番禮貌謙讓，這才坐了下來。

契苾何力不是那彎彎曲曲的人，直來直往，見得徐真如此扭捏作態，也是打趣老軍神道：「這小賊子本是個豪爽英雄，怎地到了衛公麾下幾日，就養了一身婆娘氣息。」

惡戰大勝，大家又知曉契苾何力脾氣，不由哄堂大笑，憋屈了兩個月的悶氣，總算是得以舒緩發洩出來，此番論功行賞，說不得又要轉了動策，提拔了官職。

然而徐真心頭卻仍舊是不安，總覺著少了些許關鍵之事，下意識摸了摸手指，觸碰到那鐵扳指的冰涼，才恍然醒悟過來，如那冰水兜頭潑下，瞬間冷到了腳趾頭，慌忙問那契苾何力：「敢問領軍將軍，可曾將……將我那妹子也隨軍帶了來？」

徐真心急，差點就將李明達的身世給說了出來，好險轉了口，只道是自家妹子，諸人也是有些疑惑。

這契苾何力卻不明所以，楞了楞神，這才點頭道：「令妹與祆教老宗師都跟了過來，某已經著人保護，現在在後方，想來半個時辰之內，就能夠趕來了。」

徐真聞言，如那五雷轟頂，也顧不得禮儀，衝出帳篷去，放了命大喊著：「能動的弟兄，全部都跟我來！」

他本只是都尉，操控著自家本部神火營，不敢僭越呼喝其他諸營弟兄，然事關緊急，又在此戰中賺下了大片大片的好聲望，故而一呼百應，果真是能動的都跟了上來！

契苾何力朝李靖投去疑惑的目光，李靖卻是輕嘆了一聲，點出了關鍵來：「何力老弟，這回你是大意了，那慕容家的軍馬，從昨夜子午時分就不曾出現過，想來……想來是去做那件大事了！」

契苾何力猛然跳起，一巴掌就拍在自己額頭上，兀自跟了出去，劈手奪了馬匹，追隨徐真而去！

第七十二章

寒竹籌謀徐真作質

張慎之本就不是個英豪之人，他追隨段瓚、侯破虜而來，帶領一千軍士協助契苾何力，雖然戰鬥已進入尾聲，但他仍舊不敢太靠前，在親兵團的護衛之下，追剿些許落單賊軍罷了。

此時無論李靖的甘州守軍，亦或是契苾何力的援軍，無一不奮勇當先，追擊掩殺阿史那厲爾的殘部。

可偏偏這個時候，他卻聽到徐真正號召軍士，欲往張掖方向而去，這讓他頓生疑惑，連忙報了段瓚與侯破虜，三人互視了一番，心知徐真必定有著不可告人的小心思，當即帶了一百人，混入到人群之中，南下趕往張掖。

徐真心繫李明達安危，也不曾思慮太多，本部六百人保存完好，並無太大傷亡，擔憂慕容葛爾赫軍力猶盛，這才呼喊了一眾守軍好兒郎，陸陸續續徵集了千餘人，戰場上隨處搜羅了戰馬，急不停蹄地開往張掖方向。

卻說李明達這廂只有二百餘精銳護衛，在龍首山腳下踟躕，等待著契苾何力的情報，待戰事一了，即可回那甘州城中安頓。

直至巳時，雪勢越發盛大起來，隊伍雖然處於避風山陰處，卻難耐冰寒，李明達內嵌皮甲，外覆冬衣，仍舊被凍得臉頰通紅，不住打抖。

正猶豫著是否派人前去打探，那些個精銳護衛卻是陡然警覺起來，然而還未抽刀拔劍，三面已然湧出數不清的敵軍，將他們重重圍在了山腳之下！

慕容驍從軍中拍馬而出，舉刀遙遙一劈，麾下騎士轟然出動，頓時衝殺了過來！

精銳護衛心頭大駭，卻是不知這一支賊軍從何處冒將出來，眼看著形勢危急，只能死命一戰，護著李明達、摩崖和李無雙等人，四處衝突，卻不得脫了圍困，反被慕容驍的人手慢慢斬殺趕緊！

慕容驍冷笑連連，早吩咐手底下的人不要傷了李明達等人，只當得貓耍老鼠一般戲弄，最終還是將那些個精銳都給殺了乾淨，就只剩下李明達等幾個骨幹。

他不是蠢人，歷經數次生死兇險之後，心性更是得到了蛻變，此番不去支援阿史那厲爾，實乃慕容寒竹的計策所致，並非他父子二人心思有別。

這慕容寒竹也不知哪裡得到的軍報，得知伏俟城已然被侯君集和李道宗的軍隊攻陷，清河王諾曷缽就俘，已經寫了降書，奉獻到長安去了。

那侯君集和李道宗長途奔襲，殺入吐谷渾腹地，斬首無數，掠得軍資錢糧無數，更是收穫了牛羊牲畜二十餘萬頭，優良戰馬上萬，可謂完勝，而諾曷鉢投了降書之後，說不得要賠償一大筆給大唐，如此一來，吐谷渾就算沒完蛋，也只是名存實亡的下場。

這也就意味著，阿史那厲爾和他慕容葛爾赫的部隊，成了那無根的浮萍，如今遠征漂泊在外，有家歸不得，一切都只能依靠自己。

慕容葛爾赫父子絕非優柔寡斷之人，正因為有了慕容寒竹的指點，他們才得以重新崛起，故而對慕容寒竹也是百依百順。

昨夜阿史那厲爾出征之後，慕容寒竹就命人偷偷將光化天后給接了出來，跟著慕容葛爾赫的五千人馬，往張掖方向行軍，繞過了祁連山之後，再往西去，有了這五千人馬，也算是保留了火種。

再者，慕容寒竹深知李靖的多謀善戰，這老兒寧可死守兩月有餘，都不願出城一戰，沒有十足把握，是不可能夜間突圍，故而阿史那厲爾此戰就算不敗，也只能落個慘勝的結果，根本就再無餘力來約束葛爾赫的隊伍。

阿史那厲爾不曉得關鍵所在，而慕容寒竹卻私下與大唐這邊搞了小動作，只要將李明達給俘過來，還愁離不開這大唐邊關？

凱薩這邊苦苦支撐，終究是寡不敵眾，被慕容驍的部隊給制服了，也不多做捆綁，幾個人直接被押送到了慕容寒竹的面前來。

光化坐於帷幕遮蔽的大車之上，雙目精芒投射在李明達的身上，也不知心有所感，彷佛看到了當年的自己，那一年，她也是個公主，只不過是大隋的公主罷了。

「寒竹，北邊可打點妥當了？」

聽聞光化開聲，慕容寒竹微微頷首示意，讓人將李明達、凱薩等人都關到囚車之中，也懶得收拾殘局，將這支小隊的軍糧物資都收了，準備渡過黑水河，往吐谷渾北方退走，繞過祁連山，就能夠得到接應。

可沒想到正要起行，卻見得甘州方向一支軍馬劈開風雪而來，距離本部三百步開外才停了下來。

慕容驍雙目陡然一亮，透過風雪，看到這千餘人的首領，正是自己的死敵徐真，當即下命警戒，過得片刻，見對方再無後援趕來，這才安下心來。

徐真這邊雖然剛剛得勝，佔了這勝利姿態，然而慕容驍以自己的五千人馬，想要殺光徐真這一千人，也只是時間問題罷了。

沒想到長生天眷顧，在自己北逃之前，還將徐真這個宿命之敵送到了他慕容驍的面前，此仇不報，更待何時！

慕容驍抽刀遙望，正欲與徐真做那生死決鬥，然而慕容寒竹卻拍馬前來，制止了慕容驍的衝動。

「若與之死戰，雖能大獲全勝，然時間卻拖遝了下來，那高甄生雖不是勇武的戰將，卻是條狡詐的毒蛇，此時必早已離了張掖，心急著到甘州去搶功勞，若我等不趕緊離開，待得高甄生的人馬趕來，也就再走不脫了。」

慕容寒竹的話在情在理，葛爾赫父子也是醒了過來，但他們很清楚，李明達的身份有多麼的重要，就算他們不想決鬥，徐真也不可能眼睜睜放他們離開。

果不其然，那徐真顯是心急，但卻壓得住性子，也不驅使大軍，自己背了一方角旗，單槍匹馬就疾馳而來，數百步距離轉瞬即至，勒住了馬，也不看慕容驍，卻將視線投在了慕容寒竹的身上。

慕容寒竹眸子一瞇，往徐真身上掃了一輪，見得徐真姿態沉著，氣度穩定，頗有虎將之風，心中也不由愛惜。

凱薩和李明達等人於囚車之內探視，見得徐真孤身前來交涉，心頭頓時湧起希冀，卻又擔心那慕容驍狼虎之心，喜怒無常的性子發作起來，將徐真殺之而後快，那可就苦煞了心肝兒也。

徐真卻朝囚車這邊輕輕點了點頭，也不敢下馬，於馬背之上欠身朝慕容寒竹行了一禮，卻並非武將之儀，乃是文士之禮。

慕容寒竹出身崔氏，世代傳承書香，見得徐真行文禮，也是氣質表露，回了一禮，這才聽得徐真問候道：「後生晚輩徐真，見過先生。」

他與張久年每日籌畫，對慕容部最近的表現圈圈點點，早已窺視到箇中奧妙，這慕容驍雖有勇力，卻無智謀，背後必定有人支撐，如今見得慕容寒竹真容，卻是個中原文士，知曉此乃幕後推手，這才直指關鍵，跟慕容寒竹交涉了起來。

「徐郎君果是年輕有為，後生可畏，每每聽聞徐郎事蹟，由不得讓人唏噓，今日一見，也算是有幸了。」

慕容寒竹也不缺了禮儀，他不像葛爾赫父子，擔憂高甄生來援之事，不過是為了推阻慕容驍，其實他心裡清楚，就算高甄生的隊伍趕來，也未必敢大肆衝殺，因為唐軍高層知曉李明達身份的，該有一掌之數了，若他高甄生不顧李明達安危，那心中的醃臢也就昭然若揭，他斷然不會如此魯莽。

而徐真則不同，為了救回李明達，他哪怕拚盡了這一千人，估計也要拖著慕容部不放，到時候無法準時趕到北方去，與那接應的人碰不到頭，慕容部這五千人馬可就沒有紮根的地方了。

如此形勢，徐真一清二楚，慕容寒竹也是心知肚明，大家都趕時間，也沒必要拉拉扯扯，徐真到底年輕一些，開門見山道：「先生，晚輩那幾個朋友並非軍中人士，不過是追隨伺候晚輩的親屬，所謂兩軍交戰，不傷無辜，先生也不是那嗜血好殺之人，不如放了我這幾個朋友，晚輩必定念了這份情。」

慕容寒竹也是呵呵一笑，假仁假義地說道：「原來是徐小朋友的親人，這也算是誤會一場，不過你身後的將軍們可不作這番想像，實不相瞞，我等出征久矣，思鄉情切，也不想做那你死我活的打拼，不如咱們就做個交易，我放了你的朋友，你也約束部將，莫做那無謂的糾纏，如此可好？」

話已至此，兩人也算是差點敞開了心房，只要能將李明達幾個換回來，又何必讓後面這一千弟兄跟人家拚個乾乾淨淨？

「先生果真通情達理，如此甚好，這情分，晚輩是記下了，煩請貴部弟兄，將我那些個朋友都放了過來，晚輩自然離開，不敢再挽留。」

慕容寒竹卻搖頭一笑，朝徐真說著：「不是老夫多疑，實在是忌憚徐郎手底下的人壓不住血性，不如徐郎跟著我走上一段，將我等護送出邊境，不知小朋友可信得過我？」

徐真暗自罵了一句，但表面上卻展露微笑來，大度地說道：「即使如此，又有何難，晚輩自信先生不是那食言失信之人，自當餞送一遭便是。」

慕容寒竹聽得徐真毫不猶豫就答應了下來，不由暗自佩服徐真膽氣，然實乃逗留不得，命得慕容家父子指揮了部隊人馬，延綿逶迤地投北而去。

徐真自然跟著，周滄等人卻是急了，命諸多軍士原地待戰，自己掛了一面旗，從後方追了過來。

慕容這邊見得只有周滄一人，想是徐真需囑託吩咐一番，也不相攔，徐真三言兩語說了利害，周滄這才打馬回去。

他自然不能說徐真為了搭救公主殿下，要當了人質，送這一支敵軍出去，面對諸多軍士的質疑，他只是憤憤地壓制著，讓諸人原地待命便罷。

諸人自然不解，數十里地奔襲而來，卻又眼睜睜看著主將跟著敵軍走了，這算怎麼個事兒？

周滄也沒個解釋，軍伍多有不平，頓時議論紛紛，兀自騷動了起來！

第七十三章

順利脫離偶識弄贊

周滄也管不得這些軍士暗自議論，只是把來龍去脈說與張久年知曉，那薛大義、秦廣等人皆不清楚李明達身份，只道凱薩、李無雙與李明達都是徐真軍中女奴禁臠之屬，這也是當初薛大義不服徐真的緣由之一。

此等隱秘之事，自然不能四處張揚，可若不道出事實真相，又難以服眾，張久年也只能將情勢推說了一番，只道徐真為了保全諸多弟兄性命，與那賊虜頭子做了一筆溝通。

不想此話一出，諸多兒郎卻是群情激蕩，他們正當新勝，又何須與那賊子做買賣，雖說敵軍勢大，然他們一腔熱血噴發，又豈會懼怕死戰？

這一次連神火營的弟兄都不能理解，徐真在他們的心目之中，就是絕不退縮的英豪，每戰必當先，身上傷疤比那墨痣還多，何時會惜命做了這勾當？

侯破虜幾個潛伏於軍伍之中，知曉徐真孤身會敵，勢必為了李明達幾個，就偷偷摸摸在軍中散佈謠言，說徐真為了自家三五個禁臠，做了那帶路的內賊，要放了這些賊虜離開！

這謠言瞬間就傳遍開來，諸多軍士吵吵嚷嚷，未曾想到自己心中的大英雄，居然是這等好色之徒！

徐真與侯破虜爭搶女奴之事，曾經在軍中有著不小的傳播，隨著徐真之名不斷宣揚，他隨身帶著女眷的事情也成不了什麼秘密，如今侯破虜幾個這麼一說，大家也就全信了，一個個叫著喊著要追殺上去！

周滄卻是個急性子，聽不得別人汙了徐真的名聲，大馬金刀往前方一攔，大聲鎮壓道：「爾等都是沒眼珠子的短命鬼！我家主公為人光大，怎能被你們這些爛舌頭的賤人一通亂汙，若不想追隨，盡可自行離去，敢壞我家主公的大事，莫要怪你爺爺刀下不留情！」

張久年等一十三紅甲弟兄自是幫著周滄，生怕事態失控，頓時站出來幫著鎮壓場面，高賀術和胤宗麾下弟兄對徐真死心塌地，自當出列，薛大義和秦廣雖也出面，但原先勇武營的弟兄卻動搖了人心。

侯破虜幾個又趁機煽風點火，譴責徐真者占了絕大多數，軍士們情緒激動，叫嚷著要違抗命令前去追擊，卻又忌憚周滄等人的武力，一時間吵吵鬧鬧，眼看著暴動一觸即發。

正值此刻，南面卻來了一隊前哨先鋒，掛的乃是高字旗幟，果真是那高甄生的大軍欲投甘州去爭功！

侯破虜幾個早做了準備，待得高甄生一到，隨即蠱惑了幾個膽大的親近校尉，一同向高甄生告狀，說徐真為了自家女人，送走了慕容部五千兵馬！

那高甄生也是個喜做戲的假人，當即裝了憤慨大怒姿態，趁勢拉攏了這些軍士的人心，然他小心思打得響亮，此去追擊，說不得要壞了侯君集大事，又拖延了自己去甘州覆命的時機，遂安撫這些軍士，說徐真是與虎謀皮，能否回來還是個問題，不如到甘州去，稟明了行軍總管，讓李靖大將軍做抉擇。

這些個軍士本就是牆頭草一般的人兒，一千人對上五千人，結局也就是個死，卻又生怕落了壞名聲，只將徐真這出頭羊給推了出來，此番見得高甄生出言擔當，自是唯命是從。

周滄幾個卻固守徐真命令，不與那高甄生當真，勢必要原地留守，等待徐真歸來，高甄生心頭不悅，見不得這些人效忠徐真，當即大怒罵曰：「爾等也想跟了那徐真當個賣國的小兒嗎？」

此言一出，麾下軍士鏘鏘拔了兵刃，說不得要將周滄等人強行解回甘州去！

周滄幾個也是好不膽怯，雖本部六百人只留下了四百餘，然一個個都是死忠的猛士，一路廝殺積攢的殺氣頓時瀰散開來，分毫不讓，卻也是唬住了高甄生手底下那幫懦夫。

高甄生不想讓李靖抓住延誤軍機的由頭，也沒了跟周滄這些人癡纏的心思，只約束手下人，不顧周滄的人馬，兀自投了甘州去。

周滄憤憤著罵了一陣，這才在張久年的點撥之下，領了諸多死忠弟兄，越過黑水河，往北接應徐真而去。

徐真雖有過這些顧慮，但無法親見侯破虜和高甄生等人的醜惡嘴臉，此刻他已經隨著慕容部深入到了祁連腹地，到得傍晚，暮色昏暗，風雪雖緩了些許，但氣溫卻越發冰涼。

又走得二里路，終於見得前方旗幟林立，竟是一支規模壯大的生力軍！

那旗幟卻與吐谷渾旗不同，多為黃紅之色，軍士戰陣全然不見鬆散，展示出極為生猛的戰鬥力！

「這……難道是吐蕃的軍隊！」

事實證明徐真的推論並無差錯，伏俟城被唐軍攻陷之後，吐蕃趁火打劫，將吐谷渾北部領地幾乎佔據了大半，而慕容寒竹此刻能夠得到吐蕃方面的接應和禮遇，他在這過程當中扮演了什麼角色，也就不言而喻了。

慕容葛爾赫父子之所以對慕容寒竹言聽計從，那是因為吐谷渾雖敗給了大唐，吐谷渾的北方，也落入吐蕃手中，但今後這北方之境的主事者，卻變成了他慕容家！

光化和慕容寒竹真正謀劃的是什麼，他們雖然好奇，但並不想多做猜測和干涉，因為這些都不是他們所能夠左右的事情了。

慕容寒竹與吐蕃軍的首領溝通了一陣，這才命人將囚車打開，放了凱薩等人，他倒也守信，讓出幾匹馬來，使徐真等人不至於凍死在半路。

徐真表面上隱隱切切地感激了一番，心裡卻罵起這老狐狸的狡詐來，這慕容寒竹絕非善心之人，一舉一動背後必有深意。

單說若殺了李明達等人，那大唐的朝廷內鬥也就隨之偃旗息鼓，可如果將李明達放回去，勢必要掀起一股血腥風暴來。

而放徐真回去，以徐真新晉之功，加上如今為了救人，而放虎歸山留後患，幕後諸多勢力再挑撥操控一番，勢必會引起軍中諸多勢力的爭鬥，此等價值和益處，卻是比殺了徐真要來得巨大。

徐真也莫可奈何，與凱薩幾人不敢多留，正準備往回走，卻見得吐蕃軍中奔馳出數十騎來，為首者乃是位二十多的大好兒郎，一嘴「几」字鬍鬚頗為風流，不分說就攔住了徐真的去路。

那小首領頗感興趣地打量著徐真幾個，而後用生硬的唐語問候道：「我是那吐蕃王國的人子，仰慕大唐的風格，聽聞幾位朋友都是好唐人，不如到我營帳作客，也好與我說說唐國的風情，不知幾位意下如何？」

徐真心頭煩躁起來，這慕容寒竹不留自己，這個吐蕃漢子卻是來攪局，不過他心思活絡，當即轉了念頭想著，這人雖然看著打扮是個小校，沒什麼權柄，然則能夠獨自脫離了隊伍，前來問話，唐語雖然生硬些，但用詞倒也無誤，想來必定是吐蕃中的貴家子弟，當即婉拒道：「多謝弟兄好意，不過我等離家久矣，思鄉心切，怕是要辜負弟兄的好意了。」

那漢子也不是個蠻橫的人，卻是文縐縐地說道：「你們唐人有話說，遠遊思家乃人之常情，即使如此，我們也不攔你，卻不知可否留下姓名，他日或有緣相見？」

徐真頓時覺得這吐蕃漢子到底是有趣，連忙拱手行了一禮，道了姓名，又反問對方名號，那漢子也不扭捏，灑然笑著答道：「吾名弄贊，他日有緣，必得相見，到時徐朋友可不要推辭了。」

這弄贊也是個妙人，命手底下的人送了幾方白綢，掛在了徐真幾個的馬脖子上，這才灑然離開。

徐真到時有些摸不著頭腦，思來想去，這史書上也不見得有弄贊的名號，想來只是無名小卒罷了。

然而走了半路，李無雙卻暗自低呼了一聲，與李明達交頭接耳，竊竊說了些什麼，後者也是恍然大悟的樣子。

徐真趕了半步，與李明達並轡而行，好奇問起，這丫頭卻賣弄神秘，不過看在徐真托命相救，也不戲耍，當即說道：「這弄贊其實作為器宗弄贊，乃是吐蕃的新王，早年還派了使者，到我大唐來求親咧！」

徐真心頭一緊，弄贊即松贊，敢情這小校模樣的人兒，居然是吐蕃王朝的首腦松贊干布[1]是也！他下意識往李無雙身上掃了一眼，想起他日這小娘兒可是要嫁給這個弄贊當婆娘的，此時提前相見，卻相互不識，心中不由竊笑起來。

註

1 松贊干布，唐代漢文史籍作棄宗弄贊、器宗弄贊，器宋弄贊等，均為譯音，松贊干布是後人為他加上的尊號，松贊是名字，干布則是尊號，求親多年不得，後來才將皇室宗女嫁給他，是為文成公主。

多了這小插曲，一路上的憂思也被沖淡了許多，走不多時，就碰到了前來接應的周滄等人，聽聞了軍中變故之後，徐真就再難開心起來了。

李明達的身份必須要保密，如此一來，自己可就需要背負極大的罵名，甚至連李靖或許都無法為他承擔更多，只希望能夠早點班師，將這李明達送回長安去了。

事實證明，徐真想得還是過於輕鬆，此時甘州城中，已經隱約有了暴風雨來臨前的那股迫人的寧靜了。

第七十四章　奏凱班師銀鏡寄情

徐真領銜於前，到得亥時才回到甘州城下，諸多軍士仍是在打掃戰場，一片狼藉喧囂，見得徐真本部人馬歸來，這些人卻停下了手中活計，如見精怪一般注目於徐真這廂。

契苾何力和李靖收到風聲，忙著出來迎接，旁人不知，直以為這兩位將軍出來迎那徐真，卻不知曉這兩位長者所迎者，乃大唐晉陽公主殿下！

高甑生這廝早已將徐真渲染成怯戰而釋敵的軟蛋子，諸多軍士心中本就忿忿不平，見得主將還要出城來迎，對徐真更是深惡痛絕，只是他們都已忘記，若沒有神火營，此時的甘州城早已被阿史那厲爾的軍隊給蕩平了去！

親兵入稟之後，高甑生也是從營寨之中走了出來，雖然他做事有理有據，然李靖是何等目力，終究還是判定了這位大都督刻意延誤怠戰，不准他入城駐紮，待一切落實，自會上報朝廷。

而他高甑生也不是等人來拿捏的懦夫，明知李明達身份的他，此時卻走出了營房，自顧來到徐真面前，毫不留情面地指責道：「徐真，爾暗通賊虜首腦，做得好大的勾當，私自縱敵於野，現今豈敢回來！」

有李靖在支撐場面，徐真自然不怯這位大都督，不卑不亢地直起腰杆來，直勾勾盯著高甄生，針鋒相對地反擊道：「大都督好大的威風，若早前接收救援軍書密信之時能有這番氣度，我甘州又豈會徒生諸多傷亡，都督都敢回來，我徐真怎地就不能回來！」

高甄生臉色頓時鐵青，身邊心腹早已暗中點撥了人手，於軍中煽動人心，見得徐真伶牙俐齒好生不害羞，頓時群情激憤，紛紛唾棄徐真，將神火營領先突圍的天大功勞都忘得是一乾二淨。

李靖身為主帥，豈能看著部下撒野，當即冷著臉喝止道：「徐都尉勞苦功高，此役之首席功臣，誰人敢質疑，亂了軍心，且怪不得某不講情面！」

老將軍雖治軍嚴謹，然喜怒不形於色，極少於人前臉紅，今夜卻是為替徐真開脫，怒叱了這一干人等。

見得高甄生不死心，急欲將事情鬧大，李靖也一口將對方給堵了回去：「高都督若有質疑之處，盡可上告朝廷，若刻意傳播謠言，也就莫怪老夫心冷！」

老軍神畢竟有過人之威望，經此喝斥，諸多將領多沉靜了下來，各自安頓兵馬。

徐真本部弟兄入城休整，李明達與李無雙則被李靖安置於城內府院之中，內外重重保障，日夜有軍人把守巡視，免生事端，只待軍文與長安那廂來往妥當，就可班師回朝。

這小丫頭久不見徐真，憂心忡忡，如今徐真安然無傷，免不得要召見一番，切切說了些尉帖話兒，徐真心頭溫暖，也跟著調笑幾句，倒也別有一番樂趣，旁邊的李無雙見得徐真無禮失態的樣貌，多有不悅，卻又不好明言，只得在旁嘲諷揶揄，徐真大度，不以為然便罷了。

過得三五日，徐真每日照著《增演易經洗髓內功》鍛練氣息，又修習《聖特阿斯維陀》的七聖刀秘法鞏固體魄，與凱薩重溫縮骨柔韌的隱秘瑜伽術，元氣恢復極快，白日裡又跟周滄等一干弟兄打打鬧鬧，多有受益。

這謝安廷一干銀槍出神入化，引得胤宗等一干兒郎羨慕英雄，每日追隨操練槍棒，本部這六百人龍精虎猛，一個個竟刀劍純熟，槍棒精深，頗有以一當百的精銳態勢展現。

李靖又召了徐真，商討著班師之後的動向，既送李明達回長安，勢必要發生好多牽扯，那朝堂上的爭鬥，可不比真刀真槍的戰場斯文，所謂明槍易躲，暗箭卻是難防，少不得要好好教導囑託徐真一番。

徐真向來以李靖為偶像，得到心中英雄指點，豈有不賣力之說，且其悟性頗高，雜學廣博，一點就通，每每能舉一反三，觸類旁通，越發得了李靖的疼愛。

這一日考校易經洗髓內功的條理，徐真已然能夠自如調息，運動時如那龍象吞吐，氣息渾厚綿長，安息時卻如山泉遊絲，渾然不覺，已然有了登堂入室之氣象。

按說李靖喜不自禁，然其卻是幽幽輕嘆了一聲，徐真不明所以，故而相問，李靖早已將徐真當成了內室弟子，軍策、謀略、武藝、人心之術從不吝惜，如潑水倒灌一般教訓，此時也不避諱了徐真，將那過往之事都說將出來。

原來早前當今聖人曾要李靖教授侯君集，行了師徒之禮，每日問答，李靖也沒失了熱腸，然而侯君集卻自覺不滿，上報了聖人，說李靖將反，蓋因每到精微之處，李靖則不教授，聖人聽後，召了李靖來，責備了幾句。

李靖當時也是心中不平，回稟聖人，今日歌舞昇平，他李靖所教，足以安制四夷矣，而侯君集欲盡求李靖之術，豈非將有異志？

此時最終不了了之，然李靖卻看到了侯君集腦後之反骨，如今征討吐谷渾，李靖乃主將，可他侯君集卻帶了李道宗，千里奔襲，偷了伏俟王城，卻讓一軍之帥苦守甘州，又與高甄生等陽奉陰違，連公主殿下都敢不敬，這也讓李靖心寒得很。

徐真畢竟是小人，不敢在老軍神面前搬弄口舌，只是安慰了幾句，並不提那些個明爭暗鬥，反而說些安樂晚年的小玩意兒，閒暇之餘陪著李靖手談鬥智，二人情同莫逆，融融而已。

這甘州一役殺敵上萬，得軍械馬匹無數，牛羊牲口更是不可計數，算得是大勝而歸，神火營當居首功，加上徐真救刪丹，解困張掖，一路奇謀加英勇，身上功績堆累下來，卻也是讓人震驚。

此番有李靖主持，將文書都遞了上去，也不需直接賞賜下來，一干賞罰，都等班師回去，再由聖人定奪，以壯國威，鼓勵將士，震懾寰宇。

又過了幾日，長安終於來了消息，軍將們個個歸心似箭，早已將行囊收拾妥當，不日即班師歸返。

八門真武大將軍乃鎮守神器，又展現出天地般的神力，必定要搬運一半回去，好讓聖人檢閱，更是讓工部的人多加研究改進，另四門則留在甘州城頭，永鎮國門。

軍士們每日見得這神炮，卻是想起徐真的功績來，雖軍中多有教唆，污辱徐真之名，但軍士們愛恨分明，這徐真之功卻也不便抹殺，敬其才卻又鄙夷其品行，褒貶不一，毀譽參半。

李淳風與閻立德收拾了匠營，徐真卻教了他們一樁大事，二人也是獵奇心切，三五日之內，就與徐真一同嘗試，研造出來的新物事卻是讓幾個人震撼不已！

這日，風雪不見，萬里放了晴，李靖一聲令下，大軍浩浩蕩蕩開了出去，旗幟如林，馬聲如浪潮，人人喜樂，奏凱而歸。

李明達自有李無雙相伴，途中多有軍勇相護，凱薩樂得清閒，然久不見徐真，卻難免生出異客傷情，只覺偌大天地，卻是他人河山，並非自己家園。

這日入夜，寒風料峭，她卻沒有圍坐篝火，草草果了腹，自在營帳之中歇息整頓，思想著自己年歲已長，卻沒個寄託，畢竟是個女兒家，越想越寂寞，沒來由梨花落雨，輕嘆了紅顏。

正傷感之際，徐真卻不請自入，若是平時，凱薩警覺敏銳，必然察覺，此刻傷春悲秋感嘆薄命，卻絲毫不覺有人。

徐真看著美人那曲線背影，微微抽泣著，楚楚動人，心頭不由一悸，想起凱薩一路忠貞，二人不打不識，更是以性命相託付，不禁疼惜這姐兒，動情之時，也不顧世俗禮儀，從後面環住了凱薩的蜂腰。

凱薩身子一僵，直以為歹人羞辱，奈何雙刃不在身側，正準備反擊，卻嗅聞到徐真熟悉的男兒體香，臉頰頓時羞紅似風中粉桃花。

平日二人調笑，她也只覺得徐真浪蕩浮華，多是搶佔她的肌膚便宜，此刻二人動情，方知徐真情濃至真，顫抖著長睫毛，微閉美眸，如陷入那溫香夢境之中，只希望這一刻直至長生。

二人沉浸於溫情之中，心有靈犀，無聲若有聲，徐真仍舊從後面摟抱著凱薩，右手卻伸到了凱薩眼前，手中平端一物，在凱薩耳邊呢喃道：「美姐兒，你且睜開眸子，小哥哥有件定情之物贈與你。」

那凱薩心頭歡喜，張開雙眸卻駭了一跳，徐真手中之物乃一方奇鏡，與尋常銅鏡截然不同，銀亮萬分，倒影之下，纖毫畢現，連那臉上細微毛孔兒都清晰可見，手藝端的是出神入化！

徐真見凱薩喜歡，邊在耳邊不斷說著私密話，二人耳鬢廝磨，全然落入鏡中，將二人一顆青春心肝兒不斷挑起，心頭烈火燒得渾身發燙。

徐真那摟抱蜂腰的手也開始不老實地上下游走，正到緊要處，卻聽得傳來一聲驚呼，竟是李明達和李無雙二女的聲線！

凱薩雖不再護衛李明達，然一路相伴，下意識就衝了出去，直往李明達營房跑去，徐真也是心頭發緊，卻突然想到了緣由，連忙出聲阻攔凱薩：「姐兒，莫得甚麼事，不去看也就罷了！」

然而為時已晚，凱薩已經衝到了營帳之前，掀開了簾子一看，卻是李明達和李無雙各舉著一塊銀鏡，顧影自喜，愛美心切，小女兒作態展露無遺，在此大呼小叫，好不歡樂！

凱薩臉色頓時黑了下來，本以為這定情信物全世間獨此一件，沒想到他人也有之，這李明達也就算了，連平素厭惡徐真的李無雙都有！

憤憤著退出營外來，正欲找徐真清算厲害，卻遇到摩崖老上師過來，開口就是：「凱薩女兒，徐少君贈了一件奇物，正想給你開開眼界咧！」

看著摩崖手中銀鏡，凱薩感覺自己已經被怒火佔據了理智，見得徐真在身後訕訕笑，氣不打一處來，飛腳踢將過去，徐真連忙躲閃，二人追打嬉鬧起來。

這徐真也是聰慧，擔心在外面被婆娘打了不好看，直往凱薩營帳裡鑽，凱薩追入帳中，四顧一番，卻不見徐真身影，轉身欲往外找尋，卻被身後突現的徐真抱了個滿懷，丟在了胡床之上，死死壓在身下，凱薩正要發洩怒氣，粉蜜一般的朱唇卻被徐真那溫熱香唇給堵了回去，一腔怒火頓時偃歇，身體深處另一朵粉紅烈焰卻洶洶燒了起來……

青春年華多風流，誰人甘心了寂寞？既有過生死相托，又何必世俗多磨，平白看那韶華空蹉跎，不如從了好哥哥，一刻春宵，妙樂不知幾多，燒了魂魄，許下了百年的諾，他日攜手見孟婆……

第七十五章 李治來接提前入宮

東土中原，沃土不知千萬，溫暖煦和，乃雄鹿之地也，千古不知多少爭奪，帝都長安恢弘坐落，受萬國朝拜，道不盡大唐無上繁榮富闊。

一路東來，氣候越發暖和，諸多將士見得家園故里，欣喜頗多，馬蹄兒也輕快了，距帝都二十里開外，駐紮了下來，整頓軍容，鮮衣怒馬，做那凱旋的驕傲姿態，這才轟隆隆往長安而來。

李靖早已見慣了這等場面，心中無波瀾，面上沒喜色，只擔憂公主殿下回京之後，說不得天地都給這幫亂臣鬧個翻，自個兒一世英名，臨老卻不得不摻和進來，哪裡還有半點歡喜可言。

然而諸軍將士卻如榮歸故里，只等著萬民夾道，好教天下看看大唐兒郎如何驍勇英雄，滿懷只幻想著鑼鼓喧天，張燈又結彩，萬人空巷，百姓奔走以傳頌。

可到了十里長亭，卻無半點人煙跡象，遙遙只見得一彪兵馬，黑甲銀槍，人高馬壯，卻是左右門監衛的兵馬！

見得李靖部軍遙遙而來，長亭下數十騎上前來迎，為首者年少風流，眉宇間流露皇帝家氣質，卻是當今三皇子，晉王李治！

李靖雖年事高大，然英雄氣並未短，不做那嬌滴滴的車轎，一如年壯戎馬之時，端坐於馬背之上，腰桿都不曾彎曲，見得李治來迎，壓下軍伍，不緩不急落了馬，這李治卻是個懂禮儀的，連忙上前去攙了老將軍一把。

李唐家裡教育得體，對諸多開國老臣禮貌有加，兒輩對這些個功臣也是恭敬，像李靖這般德高望重，也不虧了這李治的禮數。

李治自然是恭賀了一番，以慰軍心，然面容多有隱憂，欲言又止，不得要領，待得明面上寒暄完畢，這才壓低了聲線，急促問著：「衛公，我那苦命的妹子，可真在軍中？」契苾何力也是個忠實老臣，早已將情報透過自家情報網，傳遞到了長安來，卻久久不得回復，也不知這李治如何得了這消息。

李靖本欲直接將李明達送入宮中，然自己雖是老臣，可宮禁也不能免除，李治與晉陽同父同母，自小感情甚篤，若得李治相助，將這李明達送到聖人面前，自是再好不過的事情。

念及此處，李靖也是壓低了聲音道：「王爺莫聲張，待老夫帶你前去認親。」

且說李明達與李無雙藏於轎車之內，見得周遭草木，越發思念，雖一路歷險，心志體魄有了新的歷練，此時卻仍舊不免啼啼哭哭。

這番軍隊停了下來，李無雙卻是有心的人兒，透過窗子，看得真切，認得李家哥哥，連忙拉扯李明達來看，這小兕兒見到親哥哥，淚珠子如雨線一般落個不停。

徐真和凱薩等一眾弟兄護衛著車子，見李明達如此姿態，心頭也是感動萬分，想起這丫頭一路吃苦耐勞，不知受了多少風霜霜露，也不免疼惜。

這李治得了李靖公指點，三步並作兩步，還未到那車廂就已經淚眼模糊，李明達也不顧這許多，奔出車子來，兄妹相擁而泣，感動天地的一幕情景。

二人也不及多傾訴，李治與衛公李靖打了個商量，欲使左右門監衛來護送，迎接李明達回宮面聖。

李靖自無不應允，李明達卻是多了一個心眼，私下將要緊處與自家兄長說清道明，卻是信不過這些門監衛。

李治知曉自家妹子吃了滔天的苦楚，心性果真是長大了起來，暗自欣喜之餘，也警覺了起來，此地雖是天子腳下，然八百門監衛，說多不多，說少也不少，不怕斗膽劫道，就怕其中暗藏奸人，若傷了李明達，可就罪不容誅了。

李明達素來瞭解哥哥，自小就對自己百依百順，此時提出了個大膽卻又穩妥的計策來，讓徐真的六百本部人馬，護送她入長安！

此時可大可小，漫說徐真等人只是低級軍旅，雖在朝廷上也有了些許名聲，但終究上不得檯面。再者，就算入了長安，這六百外軍，說不得又要惹來一番非議。

可李明達堅持己見，李治無可奈何，也只有答應了下來，李明達回頭看了徐真一眼，眸子裡充滿了感激，雖口中常常罵著徐真大騙子神棍，然這一路走下來，離了徐真，就沒了她李明達了。

諸軍將士當初以為徐真沉迷女色，為了自家幾個婆娘，不惜放走慕容驍那五千人，此時見得這少年與李靖平起平坐，又與徐真家的小丫頭如此作態，再愚笨之人也看得出三分貓膩來，這徐真家小丫頭，或許是個不簡單的人物。

當徐真本部六百人重整了軍容，出列整治，護著李明達的大車出發之時，所有人都只有羨慕的份兒。

隨行的左右門監衛少不得對徐真的營團冷眼相看，然而徐真這六百弟兄乃是忠貞死士，又經歷生死血戰，渾身散發殺氣，就是鬼神來了都駭怕，這些個門監衛也不敢再頂撞，只得打頭開路。

李治策馬行與車前，徐真與凱薩卻是相伴車子左右，周滄等紅甲弟兄，以及胤宗、高賀術、薛大義、秦廣和謝安廷等都是英雄人物，一個個如龍虎出世，部下面容冷肅，皆有戾氣，又有何人敢靠近？

行了五里，又有左右翊衛一千人來迎接，李明達卻固執己見，不許徐真本部離開半寸，李治依順其意，命翊衛左右護行，一路浩蕩，卻不見平頭百姓與文武百官相迎，直到長安城外，才發現百姓齊聚，卻不呼喊，冷臉以待罷了。

徐真自覺不如意，心頭也是警惕，想當初李明達就是在長安城內被擄走，此番卻是大意不得。

步步為營到了這明德門，卻是左右金吾衛來接領，沿著朱雀大街到得朱雀門，又換了左右千牛衛來，同樣衣甲鮮怒，而朱雀門前，一名老將如遲暮雄獅般眈眈而視，乃右武侯大將軍尉遲敬德是也！

其時尉遲敬德已然六十，雖比不得李靖年長，卻也退了官職，稱病在家，坊間多有傳聞，言其沉迷丹石之道，不過他仍舊五天一上朝，聖人每有大事不決，必問其見。

連這尊門神般的人物都搬了出來，可見迎接晉陽並非晉王李治的個人行動，而是當今陛下親自佈局了！

到了朱雀門，再進去可就是內皇城，一干外軍被尉遲恭喝止下來，只餘徐真和凱薩等寥寥數人，李明達入了早已備好的金帳軟輿，跟著李治尉遲恭進去，到了承天門，裡面就是太極宮，連凱薩都不得進去，只剩下徐真、李治和李無雙三人，外加尉遲恭。

李治也是個周到的人，見得徐真背負雕弓，挎著長刀，早讓人將雕弓封了起來，又取了一個六尺來的雕花劍匣，將那長刀給收好，替徐真好生保管起來，不過似乎又想起了些什麼囑託來，就將那劍匣留給了徐真。

李無雙身份特殊，與皇家又親近，故而不受宮禁約束，看不慣徐真的嘴臉，與尉遲敬德告罪了一聲，自顧出去了。

伺候著的宦官連忙將尉遲敬德和徐真領到一處偏殿，諸多婢子魚兒般穿梭，好生招待著，尉遲敬德卻是個直人，不喜束縛，擺手讓這些下人都出去，莫打擾主子說話。

待得這些人都出去，這位老人卻直勾勾地打量起徐真來。

這位一千多年後被當成門神的老人，此時看來精神矍鑠，卻有些外強中乾，徐真熟讀《聖特阿斯維陀》，這部祆教秘典雖然並無中原煉丹之學，卻有著西域製藥的秘方，大抵叩問長生，以求延壽，在全世界都算得是通行的法則吧。

故而他見識老人的體質，又感受他的氣息，只覺這尉遲敬德確實受了丹藥的侵蝕，表面上雖硬朗，實則底子已經開始被慢慢掏空了。

如此看來，傳聞也並非空穴來風，這位超凡大將軍，終究還是誤入了歧途。

徐真被看得心慌，只得訕訕笑著：「國公爺恁得如此看小人，少年人臉皮薄，經不得審視……」

尉遲敬德這才回過神來，轉過臉去，過得片刻似乎下了莫大的決心，又扭過頭來，直視著徐真，問曰：「聽聞徐郎君深得胡天眷望，已成了祆教神使，可有此事？」

徐真頓時心頭發緊，此時大唐尚未大規模崇佛，道宗為天下教首，對諸多宗教也不太認同，若果說徐真當初的武侯屬於片警城管之流，這位尉遲敬德可是部長級的爺爺，如此大人物問起祆教身份，徐真又豈敢應答！

「都是軍中以訛傳訛罷了，小子才疏學淺，志向淡薄，沒甚大心胸，又豈會沾染這等道行……」

見得徐真冷汗直下，尉遲敬德也是醒悟過來，連忙壓低聲音道：「徐小朋友切莫擔憂，老夫對祆教憧憬久矣，斷不會有所歧視錯想，小朋友可安心無妨，只是……只是老夫想問問，這祆教之中，可曾有靈藥方子傳承下來？」

徐真聽得這老兒如此問話，這才鬆懈了下來，這也就越發確定了尉遲敬德沉迷藥散的傳聞，雖然祆教秘典上確實有些藥方，但此時可大可小，徐真也不敢答應，只敷衍著應對，尉遲敬德也曉得其中關節，雖不再追問，但已然將徐真列入了求藥的名單之中了。

這邊還在候著，李靖那邊卻已然入了城，不過情勢並不如想像，他們並未得到山呼海嘯的歡迎，卻是一路被百姓們謾罵指責，甚至將汙物丟向了凱旋的大軍！

「叛徒！」

「私通賊虜的狗賊！」

被如此大罵著，李靖雖面色依舊沉靜，但已然明白了些什麼，看來比他還要早回朝的侯君集，已經開始四處散播謠言，這是要動手了吧！

第七十六章

甘露殿裡拜見天子

且說徐真與尉遲敬德於偏殿守候，等待宣召，過得一個多時辰，殿外響起細碎腳步聲，卻是一名緋服老宦官進來，給尉遲敬德打了個揖，這才細聲細語領了徐真出去，一路歷經重重兜轉，來到一處大殿，是那陛下讀書與召見臣子的甘露殿。

徐真心中翻滾不定，來到大唐快四年，在長安蟄伏了三年，這才融入這方人間，做足了準備，偏就命運玩耍，落了個機會在他頭上，得以救下晉陽公主，這番卻是將史上本該入了陰地的晉陽，硬生生又拉了回來。

他深諳蝴蝶效應[2]之一發不可收拾，故不敢想接下來的歷史會發生何等變遷，他乃大唐人間的變數，既是由他而起之的變化，最終必定由他來扭轉和收拾所有的殘局，但前提必須是他要擁有足以改變這一切的力量，而能夠給他這種力量的，除了自己，又有誰比當今聖上更合適？

人心有所謀，姿態必有所動，內積於心，必發散於外，而心有城府者，喜怒不形於色，是故隱秘而不可察。

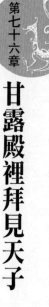

徐真雖年輕，但閱歷頗為豐富，又有著常人無法比擬的前瞻，故多少有了底氣，一邊埋頭跟著那位老宦官踟躕而行，一邊細心思量著等會該是何等問答。

這尚未得個定論，已然到了甘露殿門外，才發覺自己仍舊背著劍匣，冷汗頓時簌簌冒將出來，正想問那宦官如何是好，那宦官已然柔聲給殿內通報。

徐真也是個機警人兒，這老宦官察言觀色、四處打點、左右使喚了大半輩子，又豈會不懂其中輕重，既早前不讓徐真解劍，必是得了聖上囑託，如此才安了心，待老宦官小心著推開殿門，徐真深吸了一口氣，強作鎮定走了進去。

一股沉香撲鼻而來，殿中溫暖如春日，雖關閉了門窗，輕煙卻不曾有悶閉，反倒使人心胸開闊，沁人心扉，如此驅散了緊張與戰兢，倒有幾分安魂鎮靜的效果。

徐真只是謹小慎微地走著，連腳步聲都不敢發得一二，偷偷抬了頭，卻見御桌前好生尋常的一襲背影，英挺之中略帶滄桑，似有萬斤重擔壓在肩頭，卻又兀自用九分英雄氣硬扛了起來。

註

2　蝴蝶效應：指的是一個微小的機制，如果不加以及時引導和調節，會給社會帶來非常的影響，由美國氣象學家愛德華·洛倫茲提出，最常見的闡述是：一隻南美洲亞馬遜河流域熱帶雨林中的蝴蝶，偶爾搧動幾下翅膀，可以在兩周以後引起美國德克薩斯州的一場龍捲風。

越過那帶著些許蕭索的背影，徐真看到殿上掛得一幅字，乃是李唐國主的親筆，果真如史料所載，是那李世民最喜愛的飛白[3]。

「威甲飲馬出長城，永世不教狼煙生」！

此字道盡了當今聖主少壯傲四海，馬上征天下，老來顧八荒，走筆齊國家的千古帝王氣魄。

再看四壁簡約，卻獨獨東面懸著一幅母像，圓潤如聖母，慈悲似文殊，鳳儀天下，端莊悲憫，博愛人間，看筆法該是宮廷首席閻立本所出，看姿態，當是已然飛升的國母長孫皇后也。

徐真不敢走神張望，距離那襲背影仍舊一丈有餘，惶恐半跪下來，故作鎮定地拜道：「徐真叩見聖上！」

那人聽得聲響，將目光從長孫皇后的遺像上轉過來，落在了徐真的身上，見得徐真只是半跪，以為後者到底有些骨氣，卻不曾想過徐真實是不太懂得朝廷禮儀，那老宦官雖然路上多有吩咐，徐真卻記了個大概，李世民也不以為忤，柔聲道：「起來說話罷。」

「謝聖上！」徐真這才緩緩站起來，挺直了腰杆，卻仍舊不敢抬頭，倒是李唐皇帝有些開朗，耍笑道：「你又不是良家小娘子，何以嬌嬌怯怯，也沒甚軍中兒郎的爽利，抬起頭來說話，莫不是覺得我是個稍有冒犯動輒殺人的昏君不成？」

徐真雖清楚李唐皇帝是在說笑，但這調笑與昏君二字牽扯上，自己可就要謹慎言語了，當即抬起頭來，正色曰：「啟稟陛下聖聽，某雖起身於市井，然多聞陛下聖明，或曰人命至重、不可妄殺，死囚都需三覆奏，又聽得貞觀四年釋囚團年之事，又豈會擔心聖上殺我，只是出身卑微，初見天威，卻是被嚇出來的……」

李唐皇帝聽得徐真說到貞觀四年之事，回憶不由被拉回當年。那年冬，全境死囚三百九十餘，他李世民複審之後，准許這三百九十餘人回家團年，待來年秋收後回歸復刑，結果三百九十餘人準時回來，無一人逃亡，這也算是他引以為豪的一件事了。

又聽得徐真說是被自己嚇出來的緊張，李家天子也是覺得此子直率敢言，加上晉陽回歸全賴徐真之功，本就覺著親近，故而笑罵了一句：「我只是跟你戲耍一句，怎地說些不相干的馬屁話來。」

李世民說到此處，眼中不覺浮現出些許傷感來，自從前年魏徵死了之後，這朝廷官員越發敷衍，再不敢直言進諫，倒是阿諛奉承歌功頌德的多。

徐真被聖人如此笑罵，也是心有赧然，下意識摸了摸後腦，卻急忙醒悟自己失態，又拘謹地將手放了下來。

註

3 書法的一種特殊筆法，相傳是東漢靈帝時蔡邕所作，筆劃中絲絲露白，像枯筆所寫，李世民猶愛王右軍飛白。

李世民見得徐真舉動，卻是被其背後的劍匣給吸引了，當即問道：「這就是何力密信中所提及之物了，可否讓朕開開眼界？」

徐真聽得李世民的話，心頭也是一緊，這柄神秘長刀得於天策秘葬，相伴久矣，早在鄯善之時，段瓚和李道宗就曾提醒他，好生保管這柄刀，後來李靖見了，也是說同樣的話，他早已懷疑這刀的來歷，沒想到契苾何力居然將這刀的事情，也密報了上來，難怪那老宦官准許自己帶刀入宮，難怪李治早早備好了劍匣，想來當今陛下對這刀也是頗感興趣。

既陛下提出，徐真又如何敢拒，當即小心解下劍匣來，雙手奉上，待得聖人接過匣子，他還自作聰明後退了幾步，省得有聖人警惕。

李世民接過劍匣，見徐真後退，又是一笑，豪邁地說道：「小聰明倒是多，朕雖說年過不惑，但仍是三個徐真，都不一定能拿下朕，還怕了你行刺？再說了，你又不是那獻刀的阿瞞，自顧緊張個什麼！」

徐真見得天子如此豪爽，也是嘿嘿一笑，單純而乾淨的笑容，使得李世民都不由多看了一眼。

他將劍匣放在御案之上，哢嚓打開來，卻見綢布包裹下，一柄六尺長刀如流水般光滑細膩，菊紋如冰霜，端得是一柄絕世寶刀！

然而他的目光早已停留在了刀柄之上，那裡刻著一個「嶠」亦或「崤」字，分辨不清，但李世民已然確認了這柄刀的來歷！

「果真是他！」

李世民輕嘆一聲，言語不乏傷感，卻是抓起刀來，輕輕撫摸刀刃，死在緬懷逝去的光景，待得片刻，才端詳著刀，兀自說道。

「此刀本屬於老大哥殷開山，當年四處征戰，有一次為了救我，失落了這刀，直至大哥早逝，我才秘密遣派了天策軍，四處搜羅，沒想到卻是落入了你的手裡，你倒是跟朕說說這刀從何得來！」

徐真也是心頭一驚，沒想到這刀的主人卻是凌煙閣二十四功臣之一，鄖國公殷開山的本命兵刃！當即把涼州礦區那神秘墓葬的經歷都說了一通，說到自己和弟兄們分了那天策紅甲，也是多有尷尬，忙向聖上請罪不提。

李世民也是個大度之人，當即安撫道：「宿命有所歸，因緣有際會，既然你得了這刀，也算是開山大兄英魂有靈，選了你當傳承，朕希望你能像開山大兄那般，為我大唐出一把力才是。」

徐真心頭湧起一股熱血來，當即俯首道：「聖上垂見，但有所命，必將蹈火，在所不辭！」

李世民見徐真又嚴肅起來，不由搖頭笑了笑，擺了擺手道：「小兕兒多得了你護衛，這才回到了朕的身邊，你就是朕的恩人，以後就不要這般作態，看你也不是個嚴謹的貨色，不必在朕面前惺惺作態，有話說話豈不甚好？」

徐真又怎敢自大，當即唯唯以對，說到李明達的事情，李世明的眉頭卻是微微皺了起來，不怒自威，連徐真都感受到一股莫大的壓抑。

似乎被觸動了心緒，李世民一下就疲累索然，又問答了一番，這才讓徐真退下，臨別還特意吩咐道：「朕確實有件事需要你去辦，但你剛剛回來，暫且安頓妥當，我會使人再召你。」

「朕年少多乖張頑皮，做得許多荒唐事，老來也不怕丟了臉皮，只是這事牽扯太大，朕也需要好生籌謀，免得百姓遭了殃，此時還無法給你多說，總之你隨時候著就是了，先下去吧。」

徐真知曉李世民說的乃是李明達遭綁一事，也不敢多嘴，連忙要退出去，卻又聽得李世民說著：「這刀就先放我這裡，也好讓朕好生緬懷一下故人，你在長安好生住著，自有人伺候著，也不必多作猜想，朕老則老矣，眼招子卻是亮著咧。」

見得李世民擺手，徐真這才退出門外，那老宦官早就候著，連忙把徐真帶出了甘露殿，自有人領了徐真出太極宮，這老宦官才去領尉遲敬德入殿去見。

徐真出了承天門之後，這才舒了一口氣，冬風吹來，後背早已濕透了大片，這才後知後覺。天子之威，雖是無聲無形，竟是如斯強迫！

正欲向那小黃郎詢問自家兄弟和凱薩等人落處，晉王李治卻是尋了過來，說是早將徐真的家庭安頓了下來，要領徐真回了落腳的地方。

第七十七章

夜訪國公張亮用計

李治年不到雙十，為人處世卻多有規矩，他與李明達還有東宮太子李承乾皆為長孫皇后所生，李明達是李世民唯一一個親自撫養的女兒，而李治則是唯一一個親自撫養的兒子！

對於這對兒女，李世民是疼愛得不行，加上長孫皇后又離了繁華，李明達不在之時，李世民將所有疼愛都傾注在了李治的身上。

若論品性，李承乾少時多才多思，卻也是個仁君之相，然而近幾年卻每況日下，借著足疾，越發浪蕩無形，沉迷玩耍，負了李世民的託付，而諸子之中，李泰過於頑劣，吳王李恪倒是早熟穩重，善騎射文武才，乃宗室賢王，卻早早赴任藩地，時任安州都督，舉賢能，多善行，州郡升平，頗得民心。

這李治幼而聰慧，端莊安詳，寬厚仁慈，和睦兄弟，為人極為孝順，頗得聖上歡心，然性格懦弱，卻是有些不堪大任，怕是守不住這家園，故而朝堂中人也是暗中觀望。

朝堂之中對太子多有不滿，這早已不是什麼秘密，眼看著諸多弟兄越發年長，手中權柄也是日益增重，許多問題不得不提上議程來。

且說此時卻是諸多皇子展露手段拉攏人心的最佳時機，這李治也不是無腦之人，見到徐真被聖上召見，且帶刀入大內，此等殊榮，何人能及，當即表露善意，直將徐真送到了安上門，這才依依惜別。

徐真也好生不受寵，連連謝過大王之恩好，這才跟了晉王府的管事，一路來到務本坊，入了坊間，沿著十字街走了一段，就來到一處大府邸，正門牌匾已經拆卸下來，顯是徐真賞賜未曾下來，也不好安個穩妥名號。

這務本坊地處核心，人流密集，寸土寸金的長安而言，能在此安落一棟宅子，已算得極好之時，不遠處就是士子文人彙聚之崇仁坊，崇仁坊相鄰著平康坊，卻是一處煙花楊柳的好去處。

這才到了門口，卻是車水馬龍好不熱鬧，那些個大小官員或是收了風聲，知曉徐真受了召見，他日必定前途無量，紛紛遣送奴婢前來送賀禮種種，好在張久年也是個稱職家臣，一應接待，無有不周之處，諸家也是乘興而來，盡興而歸。

徐真入了府，張久年才告之具體，除開紅甲家臣，還有胤宗幾個骨幹，其餘人馬都得到了妥善安置，只等上頭如何差遣不說。

見得張久年面色激動，眼中隱有淚光，徐真不由好奇，後者據實以告，原來這宅子就是張久年本家主子張蘊古曾經的府邸，也難怪會觸景傷情，想是故地重遊，跟了徐真之後，終究是回到了早前的生活，心中不免一陣唏噓。

這李治也是做得一番好事，贈了一大批管採買伙食浣洗的婢子，又有走使的奴僕，在張久年這樣的大管家有條有理的驅使之下，上上下下四處忙碌，熱鬧得緊。

徐真心思卻不甚明朗，眉頭未得展開，與張久年囑託了，大小事宜盡皆交付給這位首席家臣，這才入了後院，又見過周滄、胤宗等一干弟兄，好生安撫了一番，而後才去見了摩崖老人，待得走了一輪，已然日頭偏西。

回到自家私房，卻見得凱薩依窗而望，雖寒風漸起，卻仍舊不失繁華，望著偌大皇城，卻恍惚如夢。

當日她來長安圖謀不軌之事，來也匆匆去也匆匆，未曾真正見識過長安的繁盛，今日卻是得償所願，彷若無根之人落了實地，心裡自是踏實。

見得徐真回來，凱薩連忙發了令，婢子紛紛呈上溫酒熱菜，徐真早已饑腸轆轆，大咧咧坐了下來，卻見凱薩仍舊伺立於側，不敢入席，當即好奇：「怎地不相陪？難道我就是這等凡夫俗子，還要跟妳講究男女尊卑？妳還不知曉我的脾性？」

凱薩本自覺身份低賤，雖與徐真有了肌膚之親，然畢竟是徐真的女婢，無名無份，又豈敢同案而食共枕而臥？

若徐真乃大唐土著，說不得也要遵循這世間規矩，然他卻不是此間凡物，又何懼小節？

見得凱薩入座，徐真也是綻放了笑容，又與凱薩講解食案上的佳餚門道，說些長安的見聞趣事，頗有夫妻之樂。

徐真心有所屬，凱薩再無羞澀，二人坦誠相見，也是極為融洽，酒足飯飽自然有些旖旎心思，早早吹了燈，翻滾了紅床去也。

到得五更三點，徐真卻是倏然醒來，蓋因太極宮承天門之上的咚咚鼓開始報曉，醒來之後竟悵然若失，只感覺自己還是一年前那個於市井掙扎的小武侯，這一年來所經歷之事，不過是黃粱一夢，想伸手去抓，卻抓到了一團溫香柔軟，見得凱薩含情脈脈相視而笑，這才曉得並非做夢，好生自嘲了一番。

第一聲報曉鼓聲敲響之後，各條南北向大街上的鼓樓依次跟進，鼓聲自內而外一波波傳開來，皇宮各大門、皇城四方大門、里坊的坊門紛紛開啟，城內一百幾十所寺廟也撞響了晨鐘，激昂鼓聲與悠揚鐘聲交織於一處，喚醒整座長安大城，開啟繁華與喧囂的一天。

徐真與凱薩在床上玩耍了一陣，盡享歡愉，待得暖陽照入軒窗，這才懶洋洋起身，顛沛漂泊了一年，沙場生死拼鬥，如今回想，真真是驚心動魄，又得如此安樂，心中不禁感慨。

洗漱進膳之後，百無聊賴，就帶著凱薩和胤宗等一干弟兄，到長安城四處見識，諸人在草原住慣了，哪裡見識過如此多姿多彩的繁華人間，頓時入了亂花迷了人眼，心頭卻是不提有多歡暢。

到得下午，又來了一大波賀喜和攀附的官人管事之流，自然交給了張久年來處置，徐真則趁著天色未晚，到右武侯軍部去見了薛大義等一干弟兄，眾人得到妥善安置，且軍中多有優待，大有一人得道，雞犬飛升的意味，對徐真越是敬服。

如此過了一天，翌日徐真備了禮數，先到李靖府中拜了老軍神，後者不免根據目下形勢，對徐真面授機宜，又到後院見得李德獎和李德謇弟兄，相敘甚歡，又被強留下來喝了酒，這才離開。

第三日再去契苾何力家中作客，此番卻是帶了摩崖、胤宗和高賀術等一眾異族弟兄，感激契苾何力收留安置族人之恩，這幾天多有官員送禮，除了應禮回饋，多餘的卻正好用來做了人情。

李淳風又帶了劉神威與閻立德前後腳來拜訪徐真，總之是皆大歡喜，徐真雖覺得繁瑣，卻很享受這等兄弟情誼，到得晚間，便與凱薩修練隱秘的瑜伽術，後者又輔助著修練七聖刀秘法，早晚更是到薩勒柔然弟兄處唱經禮拜，未曾失了祆教的傳統。

一切也算是充實而朝氣，然而從幾日官員前來搭配，也看得出廟堂的風向所指，想來也是暗流湧動，這等日子也不得長久，自然與張久年開始未雨綢繆，又得李靖耳提面命，知曉了朝堂些許秘聞和陣營分佈等等不提。

然而到了第四日，府上終於是迎來了第一波不速之客，不是那侯破虜，也不是高甄生的爪牙，更非段瓚，卻是那不動聲色的張慎之。

此子也是個了不起的人兒，發跡於勾欄瓦舍，以男伎之身進了張亮熟妻張李氏的帳，抓奸當場卻沒被打死，反認了個國公爺當義父，在長安紈絝之中也算得是名聲濟濟，只可惜到了這軍中，沒把子力氣，又沒二兩膽色，只顧作了那縮頭的龜，遭人不齒。

到了徐真府上，這張慎之也不敢拿捏腔調架子，只說是受了養父母的托，來請徐真去點撥張家的老奶奶。

原來這張亮出身農家，性子多變，也是個信鬼神的人，府中多畜養術士丹道之屬，家中老母日夜唱經念咒，對祆教更是入迷，自詡拜了胡天，卻未得正統神使點化，也不知聽誰嚼了舌根，知曉徐真乃正道祆教葉爾博，故而求了自家兒子，使得這張慎之來請。

這張慎之所持憑乃張亮的帖子，徐真也不敢托大，與張久年好生打了商量，這事兒也只有委屈了下來。

張府的下人也是醒目，早早到徐真府上來請，只是怕有心之人拿捏了把柄，故而夜裡托了武侯局子的關係，與摩崖一同請到了張亮府上來。

這張亮於貞觀十四年當的工部尚書，過得一年到洛州（河南洛陽）當了都督，如今改了太子詹事[4]，才闔家回了京，也算得是李承乾的心腹勢力。

也正是因為這層干係，徐真才有所顧慮，然而君子立於朝堂，但有所謀，事有所不為卻又不得不為，若婉拒了鄅國公，必立於太子陣營對立面，然李明達回歸之事估摸著早已傳遍，無一不將徐真視為無主卻又有大功之人，正適合拉攏，若拉攏不得，勢必打壓下去，此時他尚無根基，又何敢托大。

到了這國公府上，張亮卻仍舊在繁忙公務，不得脫身，本該驅使兒子來迎接，然諸多親子養子不見人影，卻使了個老婆子來，將徐真引入了內堂。

這內堂檀香飄渺，也是一方供奉神靈的祠堂，這老婆子又說道幾個藉口，將摩崖給攔了下來招待，說什麼老奶奶怕風，見不得人云云，無奈之下，徐真只有隨著那老婆子進了祠堂，到了內室門口，老婆子卻讓徐真自個兒進去。

徐真雲裡霧裡也分不清晰，待進得那內室，卻不見老奶奶，正疑惑著，那偏房臥室卻走出來一個妖嬈熟婦，見得徐真就黏了上來，口中兀自說些浪言穢語，搖擺了豐腴身子來勾搭徐真！

「糟糕！中計了！」

徐真腦子飛速一轉，當即回過心思來，這必是張亮之計矣！若猜得不錯，這風騷熟娘，定是傳說中的張李氏也！

註

4　太子詹事，官職名，職比台尚書令、領軍將軍，主要工作是輔導太子。

第七十八章

急中生智幻術震懾

且說徐真應了鄖國公張亮之邀，到了國公府來替府上老奶奶點化，不想進入神堂內室，卻遭遇李氏的下作勾搭，始知中了張亮的計策，心頭一陣慌亂之後，也是冷靜了下來，飛速思量著對策。

此事必不可聲張，越發鬧得大，對方就越肆無忌憚，奈何有些事卻是不得不為。好在為了點化老奶奶，徐真與摩崖身上都帶了幻術之秘器，也不與那李氏苟且，沉聲喝止道：「夫人堂堂主母，何故自汙至此！」

那李氏顯然受了囑託，早料得徐真會嚴詞以拒，卻沒臉沒皮地浪笑起來：「郎君雖自詡正人君子，敢說見得我這嬌媚身子，就不動些許凡心？你也莫要再造作偽裝，春宵苦短，跟姐兒樂個耍子才是要緊事。」

徐真也沒想到這李氏如此不知羞臊，心頭一陣陣反感，也不留那半分情面，嚴厲了臉色罵道：「徐某不敢自詡正義，就是多作那花叢風流，又何必糾纏了妳這殘花敗柳，夫人若懂事，緊著收了姿態，否則徐某自當告到國公老爺那裡去，想是夫人也不得善了！」

李氏見得徐真搬了自家老爺出來，心頭兀自好笑，這等計策正是老爺謀劃所得，這小子果真是水嫩過了頭，這等蹊蹺都看不出來，又何必在廟堂攪和，都說此人最近炙手可熱，卻是不入李氏的眼。

「奴家固有自知，聲名雖是不太好看，身子也算不得單純乾淨，卻會得許多玩耍手藝，郎君若不識勢，待奴家好生叫喊一番，奴家畢竟是我家老爺的正堂妻子，若傳將出去，郎君說不得也要掉了這污水裡來！」

李氏見徐真俊美，卻如何都不上手，也是掃了興致，卻將那威脅的言語倒了出來，徐真果是服了軟，冷哼了問道：「妳待如何？」

徐真這廂沒了主意，李氏卻得意起來，貼著徐真身子，挑起徐真的尖削下巴來，嘴兒湊近了說道：「郎君也不是那沒情趣之人，早知如此，也就從了姐兒，卻是爽利，現今姐兒火頭也冷了下來，卻不想那事兒了，只是忠告一句，他日在朝堂之上，該說甚麼，自己先掂量個分寸，切莫胡亂牽扯，否則郎君可要揚名長安矣！」

這老姐兒正調戲著徐真，門外卻是一陣急促腳步，卻是那張亮帶了那老媽子，一頭撞了進來，見得徐真兩個肌膚相親，故作勃然道：「兀那沒羞沒恥的浪蕩婦，卻到神堂來勾搭貴客，且看本公家教手段！」

張亮怒罵著作勢要打，那老媽子卻是叫叫嚷嚷相阻攔，趁勢給李氏披了衣服，徐真也懶得看他三人逢場作戲，見張亮捨了尊貴身份撕破了臉面，他也不再正眼覷他，嗤之以鼻道：「堂堂國公爺，又何必逼迫甚急？徐真本就是個小人，朝堂大風浪自與我無關，本覺著國公爺也是個潔身自好的人，如此卻是欲蓋彌彰，想是與侯君集家勾搭成奸了。」

見得徐真戳破了計策，張亮也不再掩飾，大咧咧地警告說：「所謂識時務者為俊傑，又說良禽擇木而棲，賢臣擇主而事，徐真你正處關節所在，何不遂了我等做番大事，也不教那明珠暗投了塵沙。」

話已至此，也就只剩最後一層薄膜未得揭開罷了，二人心知肚明，這張亮是鐵了心要與侯君集一干人等，亂政以謀，擁那太子李承乾做忤逆之事。

徐真早知史料，但見得張亮的骯髒低劣陷害計謀，也是不由心寒，冷笑了一聲道：「國公只知良禽擇木而棲，卻不知鳳非梧桐而不落，所謂道不同者不相與謀，某雖不才，卻也不想自甘墮落，當了亂臣賊子，聽聞國公與老奶奶都是善信之人，今日之事暫且不論，我徐真乃祆教使徒卻做不得假，也需讓汝等見識了某的手段，該當如何定奪，再談不遲。」

那張亮母子與李氏皆崇信神鬼術士之流，本聽聞了軍中傳說，才以此為由頭將徐真引了來，心中實不信徐真擁有信徒異能，此刻聽得徐真要展露手段，既是好奇又是擔憂。

好奇的是徐真到底會施展何等神靈之術，卻又擔憂徐真果然有異能本領的話，他們可就是惹了不該惹的人物了！

徐真也是針鋒相對，可謂對症下藥，既然爾等崇信亂神怪力，那我就用爾等最懼怕之物，徹底擊潰爾等之傲嬌！

其時徐真一身錦袍，為示意清白，遂將箭袖挽了起來，雙手白皙修長，引得那李氏又一番口乾舌燥，然而張亮的目力卻全然集中於徐真小指那個鐵扳指之上！

張亮出身卑微，心性搖擺，貪生怕死，初時跟了瓦崗軍蒲山公李密，不得重用，又隨著徐世勣降了唐，到得武德四年，劉黑闥作亂，徐世勣奉命討伐，令張亮守相州（今河南安陽），這沒膽氣的田舍奴卻是棄城而逃。

而後得到了房玄齡的推薦，這才入了秦王府，於天策軍中擔任車騎將軍，雖無將帥之才，然通曉圓滑人情，懂得治政，故而也算受得重用，直到玄武門之變時，才狠下心來博了一把，使得聖上另眼相待。

他常伴君側，又豈會不認得聖上之物，這扳指到了徐真手上，越發驗證了傳聞，這徐真果真與晉陽公主有著換命的情誼！

見得這扳指之後，張亮心裡已然怯了三分，暗自懊惱不該打了這頭陣，讓侯君集當槍棒來使了一遭。

徐真凝聚心神，雙眸炯炯，若有神光，靈異氣質頓時瀰散開來，那老婆子尚未目睹奇術，已然信了三分！

閉目感應了片刻之後，徐真負手繞著內室踱了三圈，似在溝通神堂之內的靈氣，口中兀自喃喃著咒語秘言，其步態與道人有所不同，並非步罡踏斗，卻隱約暗合蒼茫天意，使人感覺這房屋阻隔盡皆消失，彷彿置身於荒原曠野一般。

回到原位之後，徐真才睜開微閉的雙眸，正色而道曰：「某於夢中受得瑣羅亞斯德灌頂啟發，習得神術三十有六，今日卻遭爾等假信之人侮辱，不得不請假胡天之威，也教爾等識得道理！」

此言未落，徐真攤開空白雙手來，全身發顫，口中囈語連連，似在請神附體，那老婆子也是不經嚇唬，雙腿頓時軟了下來，若非李氏強力攙著，說不得倒頭就要拜了下來。

這廂驚魂甫定，徐真雙手卻是凝聚了神力一般，兩股慘白火苗子「噗」一聲就亮了起來，如那清風托舉的死魂一般懸浮在手掌之上，張亮腦子嗡一聲響，雙目之中就只得那火光照耀，未敢輕舉妄動之時，徐真扣指一彈，火苗子射過張亮臉頰，卻是倏然落地，三人腳下轟一聲引燃起來，卻是亮堂堂的火圈，將這母子三人圍在了烈焰之中！

「癡兒誤我也，憑空得罪聖火教神使，引了這煉獄業火燒身，此番死矣！」那老婆子雙眼一翻白，一口氣未能提得上胸口，猝然癱了下去，李氏和張亮早已嚇得手腳發軟，哪裡還顧得這老母，若非牽掛著國公爺的身份，強自支撐著，說不得早就給徐真跪了下來！

為了蒙蔽徐真，這神堂佈置得昏昏暗暗遮遮掩掩，此番陰氣森森，又讓徐真猝然引了冥火現世，讓這三個迷信之人如何不肝膽俱裂！本想陷害徐真清白，可誰曾想到卻變得個引狼入室的結局！

那火圈雖是稍縱即逝，然空手喚火此等異術，已然超乎了張亮猜想，府中蓄養那些個所謂地仙，在徐真面前簡直如稚童弄竹馬一般可笑！

未等回過神來，徐真已停止了念唱，也懶得理會這位爺兒們，兀自走了出去，卻是見得幾個家將惡僕將摩崖綁了起來！

這七八個惡僕尋常也是欺壓街坊，霸道慣熟，見著徐真獨自現身，生怕自家主子有難，連忙分了兩撥，四五個圍了徐真，餘下的直奔內堂去搭救張亮。

徐真在軍中出生入死，身上的傷疤兩手都數不過來，又豈會怯了這三五個浪子，眼見著對方嗷嗷衝上來，不消三拳兩腳，全都放倒在了地上，有一個不識趣，倉惶著跑出去使喚下人，個個捉刀弄棒，又將徐真給堵在了門口。

徐真剛解開了束縛，正待領了摩崖回去，又遭這些個不長眼的惡僕攔路，苦於手中沒得兵刃，只有腰間貼身的飛刀，卻又不想傷了人命，將這事情鬧開來，正束手無策，計量著施展拳腳也要出了這府門！

惡僕們正要動手，卻見得自家主子從內裡疾走而來，中途就開聲喝止：「都給我退下！休要對神師無禮！」

張亮一現身，惡僕們也就安定了下來，徐真也不回頭，兀自帶著摩崖離了國公府，自回到務本坊的宅子來，坊門已經關實，好在張亮府上早已打過招呼，那些個把守的武侯都認得徐真，早聽聞徐真也是從坊間武侯發跡，心中羨慕得緊，分說了一番也就順利進來了。

送了摩崖回去之後，徐真才回到臥房之中，與凱薩閒談了片刻，二人又喝了兩杯熱酒，這才躺了下來，心裡卻是困擾，思慮著該如何處世，難免失了睡意。

輾轉睡不得，乾脆跟凱薩切切說了些心裡話，聽了凱薩坎坷身世，越發覺得自己力氣薄弱，卻是下了狠心，說不得要借了這場爭鬥的罡風，直上那人人仰望的山巔！

第七十九章

太極大朝逆天封賞

十二月初一，正是風雪寒冷之時，徐真與凱薩一夜未眠，暢談了諸多經歷，到得後半夜才暗自運轉內功，恢復了精神，早早起身，由凱薩伺候著，將嶄新的淺緋服穿戴起來。

今日乃大朝，文武百官聚而參議朝政，徐真早先得了宦官指示，今日上朝去聽宣，故而早早做了準備。

報曉鼓聲剛過，徐真就在凱薩的護送之下，出了府門，往承天門走去，到了半路，已經見得諸多官員急忙忙的彙聚於一個方向，僕從如流，車馬喧囂，任是小雪紛紛，也擋不住這突兀的熱鬧。

走到承天門之時，卻見得李淳風和閻立德幾個相熟的，也不入門，只顧小聲攀談，見得徐真過來，連忙圍了上來寒暄，原來是擔心徐真初次上朝，壞了規矩，故而等候在此看有沒有需要照應之處，徐真見得幾個弟兄凍得難受，心裡不由感動。

既到了此處，凱薩自當返回，徐真跟著李淳風幾個進了承天門，上了龍尾道，接受監察御史掃視了儀容，這才到了太極殿門前來，此時早已人頭滾滾，諸多官員各自小聲溝通，說些好聽話兒。

李淳風乃太常博士，閻立德卻是將作大匠，都有入殿的資格，而徐真只是從五品的下府都尉，得了個騎都尉的勳也是五品，不上不下，也不知在內殿聽著，還是站在殿外。又怕被抓了把柄，也就下了心思，守在了殿外，然而這些個官員都習慣了平日的站位，徐真就如外人，又有人刻意排擠，別看那些個官員暗地裡送了禮給徐真，到了這大朝，不知多少雙眼睛盯著，謹慎起見，卻是不敢與徐真拉扯關係。

如此一來，徐真倒顯得突兀了，只得落在了後面，不尷不尬，旁人也不敢與之攀附。眼看著即將到了卯時，諸多開府儀同三司的大老開始到來，尚書省左右僕射、中書令和門下侍中、太子三少、以及京兆等官員、諸府衛大將軍等等，紛紛彙聚而來。

李靖在兒子的伴隨之下，不緩不急來到太極殿前，見得徐真左右不知所措，遂走了過來，朝徐真善意地笑道：「徐都尉恁地如此拘謹，且扶著老夫進去，可否？」

徐真知曉這位老軍神有心維護自己，連忙虛扶老將軍的手臂，進得太極殿來，只是到了門口就識趣地站定，靠著右首武官佇列的尾巴，稍稍抬頭，卻發現排自己前面的，正是那褒國公段志玄的兒子，同為都尉的段瓚！

這段瓚見得徐真在下首，也只是尷尬一笑，眉宇間隱約有死氣，眼眸中滿是悲傷，想來那病重的老大人是沒多少時日，是故如此憂鬱於內。

二人有過嫌隙，故並未多言，又守候了片刻，高甑生等一眾班師回朝的武將紛紛入內，及鬧邊的徐真擦肩而過，卻似未曾見著一般。

眼看著人流越發濟濟，絡繹不絕，似無盡頭，徐真如透明人一般，也不受待見，久了也就放開了，忍不住捅了捅段瓚的後背。

「你喚我作什！」段瓚微微扭過頭來，沒好氣地低聲道。

徐真也不以為意，壓低聲音道：「你可聽說過孫思邈？」

段瓚如看白癡一般瞥了徐真一眼，也不答話，眼色似乎在譏諷徐真，這位大唐醫藥的百代宗師，何人不識？

徐真心裡有些不樂意，但既然開了口，也就忍了下來，耐著性子說道：「這位孫神醫的弟子劉神威與徐某多有交集，聽他透露說孫神醫年後將到長安來，編纂新醫術，若你覺得合適得體，到時候可托了劉神威的面子，請那老神醫給你家老大人看望看望病情……」

段瓚心頭頓時一凜，他與父親情深似海，眼看著父親一天天消瘦，為人子者，又豈能不痛心，但有些許法子，就是割髀救父他都願意做，何況去求那孫神醫！

其實徐真給他的印象並不壞，當初在鄯善之時，他還曾對徐真另眼相看，然而徐真晉升太快，也不知擋了多少武官的仕途，明裡暗裡也不知多少人在嫉恨徐真，眼看著就要失去父親庇蔭的段瓚，自然將徐真視為威脅，其中又有侯破虜這等陰險小人來挑撥玩弄，這才跟徐真結下了怨氣。

然而此時聽得徐真不計前嫌，段瓚心裡也是說不出的羞愧，可大殿之上卻並不好發作。

正想跟徐真攀談一兩句，緩和一下關係，卻見得一襲紫服施施然走進來，正是那兵部尚書、陳國公侯君集！

段瓚心頭一緊，連同想與徐真說的話都縮回腹中，此時大殿上已經齊人，文武百官分列左右，左首文官以開國趙公、司徒長孫無忌為首，又有英國公、光祿大夫李勣在列，左首卻做著以李靖為首的一干武官。

對於勞苦功高的老臣，聖上從來都是優待有加，前面的功勳貴族多有坐席，漸次下來才開始站著聽講議事。

可憐徐真對大唐諸多開國英雄向來仰慕，雖照著史料記載能推測出一兩個來，然則濟濟一殿英豪，他又置於末尾，怎地認得這許多人？

正暗自惋惜之時，卻聽得段瓚頭也不回，低聲提醒著：「李靖大將軍之下乃左屯衛大將軍、檢校宮城北門駐軍、盧國公程知節（陳咬金）是也，接下來則是左武衛大將軍……」

徐真微微一愣，沒想到段瓚願意為其指點，辨認了這些個當朝大員，但機不可失，也沒多想，只是將這些大人物的資訊都強記了下來。

可當他掃向御案右下側之時，目光卻停了下來，那謹慎站著的正是御下聽政的東宮太子李承乾！

只見其穿著弁服，鹿皮為之，犀簪導，絳紗衣，素裳、革帶、小綬、雙佩，自具服以下，皆白襪，烏皮履，堂堂皇室之威儀氣度！

這也是徐真第一次見得李承乾，想起不久之後即將發生的事情，徐真也不禁為其惋惜不已。

似乎感受到了徐真的目光，李承乾稍稍抬起頭來，與徐真遙遙對視了一眼，嘴角卻是隱有笑容，耐人尋味。

徐真慌忙低下來頭來，聽得這段讚也分說不得片刻，宦官便喊起上朝令，皇帝陛下緩行而出，坐於龍椅之上，百官齊呼聖主英明，紛紛行了大禮，得了聖上恩准，這才各自就位。

整個大殿寂靜無聲，李唐皇帝正了正身子，這才環視大殿，而後說道：「諸位愛卿苦矣，年中以吐谷渾常恃其遐阻，屢擾疆埸，肆行凶虐，有征無戰，所向摧殄。渠魁竄跡，自貽滅亡。」

「朕君臨寰宇，志在含宏，不欲因彼危亂，絕其宗祀。乃立偽主之子大寧王慕容順，撫招餘燼，守其舊業。而順曾不感恩，遽懷貳志。種落之內，人畜怨憤。遂創大義，即加剿絕。雖複權立其子，所部又致擾亂，競動干戈，各行所欲。」

「朕憂勞兆庶，無隔夷夏，乃眷西顧，良用矜惕。若不星言拯救，便恐塗炭未已。故命出征，所幸天眷大唐，得勝而歸。」

「兵部尚書潞國公侯君集等，咸才兼文武，寄深內外。嘉謀著於廟堂，茂績書於王府。

宣風閫外，克定遐方。今得歸皇朝，當賞賜諸君將士，以示大唐之恩威。」

言畢，即有宦官捧了制書和敕書，當在大殿之上宣讀起來。

「伐罪吊人，前王高義，興亡繼絕，有國令典。吐谷渾擅相君長，竊據荒裔。志在凶德，政出權門。猷渠攜貳，種落怨懫，長惡不悛，野心彌熾。莫顧藩臣之節，曾無事上之禮。草竊疆埸，虐割氓庶。積惡既稔，天亡有徵。」

「朕君臨四海，含育萬類，一物失所，深責在予。所以爰命六軍，申茲九伐，義存活國，情非黷武。今大勝而歸，當賞罰分明，以示恩威。」

「授侯君集吏部尚書、光祿大夫詔……」

「授何力左領軍大將軍詔……」

「授高甑生……」

那封賞的敕令一道道讀將下來，可謂皆大歡喜，連段瓚和侯破虜、張慎之三人都得了賞，徐真本部弟兄也各有所獲，然卻偏偏不見李靖與徐真的名分！

徐真心中也是疑惑不解，李明達歸來之後，勢必將所有情況都與陛下說了個明白，相比聖上也能夠推敲出些許內幕來，為何還要大封侯君集等人？

殿中之人也是迷惑不解，為何獨獨除開徐真不賞，李明達回歸之事早已傳遍了內廷，有心之人只要稍微打聽一番，就能夠得到確切的消息，只是為了帝國臉面，斷然不可能讓晉陽公主「死而復生」罷了。

然而以陛下的脾氣，卻絕不可能放過這件事情，徐真作為救回李明達的最大功臣，又在吐谷渾之戰中立下汗馬生死之功，卻得不到任何封賞，這就足夠讓人驚奇了。

那宦官眼看著讀到了末尾，終於出現了徐真的名字！

「折衝都尉徐真驍勇善戰，屢立奇功，誠服薩勒、柔然二族人脈，置於甘涼以養，文武兼備，可堪大任，授翊衛一府中郎將，擢上輕軍都尉，賜神勇子爵，其妹徐思兒淑婉聰慧，少有才思，特予從五品淑儀小姐，出入不受宮禁，敕。」

「什麼！從正六品下的中府果毅都尉，連跳七級到正四品下的翊衛中郎將？這怎麼可能！陛下怎地如此任性非為！」

「如此封賞，實乃罕見，何況還授勳上輕軍都尉，這可是正四品上的勳位！徐真區區從五品上的騎都尉，居然連跳六級！」

「可不是嘛，居然還賜了子爵，這真真可謂是一步登天了！」

「爾等卻是何等短視，聖上這些封賞只不過是陪襯罷了，真正要封的，卻是那徐思兒！」

「你道那徐思兒是何人？可曾聽聞過徐真還有個胞妹？」

「難道……徐思兒……這名字……聖上也算是煞費苦心了……」

第八十章 甄生誣告朝堂風波

有詩云：「本是草叢莽兒郎，奈何入了血軍帳，生死一線百戰傷，終得站在青天上。」

徐真自有潑天大的功勞，這等功勞斷是無法抹殺，然連升六七級之事，無論何朝何代都極為少有，可謂一步登天。

雖說在這勳貴多如狗，勳貴滿地走的長安城中，四品翊衛中郎將只不過是芝麻大的帽子，也沒甚指揮千軍萬馬的實權，然這三衛[5]品秩雖低，卻是皇家內侍，身份很高，且可由此升遷，為時人所重也。

徐真得了這翊一府的翊衛中郎將，也就意味著聖上寄託了厚望，今後前途自是不可限量，而徐思兒到底是何人，大家也都已經心知肚明。

早先召見之時，李世民就說要徐真幫著做件事，沒想到卻是認了這帝女李明達做妹子，思兒自有思念女兒之意，又暗合李明達「兕兒」之乳名，想來李世民是要這掌上金珠得以再次名正言順地行走於宮禁之中，長隨左右相伴。

對於徐真身邊的弟兄，李世民也並未排斥，周滄等一十四名弟兄得福於那套紅甲，紛紛成為了翊一府的校尉和旅帥，而秦廣和薛大義等人則被擢為果毅都尉，撥付到了營州都督張儉的麾下，高賀術與胤宗也得到了封賞，帶著自家弟兄，同樣進入到營州都督府聽用。

徐真推算過時間，過年就是李世民第一次征高句麗的時間，這營州（今遼寧朝陽）直接高句麗，想來要做些戰前勘探之事，使得諸人到營州，也就意味著徐真免不了要隨駕親征了。

當今聖主想要征討高句麗已經不是什麼秘密，眼下既平定了吐谷渾，自是要趁勢而為，待得年後天暖，估摸著征伐高句麗就要提上議程來了。

不過眼下卻不是考慮這等大事之時，李世民自知如此提拔已然超越常規，然年紀越大，對兒女就越是貪戀，漫說李明達受了這等屈辱，自己被蒙蔽鼓裡，心傷了這許多時日，單說這魏王李泰，他都恨不得讓他搬到武德殿來住，統領了諸州都尉，卻不許他親往，每每多受言官進諫。

想到此處，李世民也是暗自嘆息，自從魏徵死了之後，這些個官兒裡頭，但敢冒死說話的，已經越來越少了，若是魏徵還在，肯定會第一個站出來反對如此提拔徐真了。

望著此時安安靜靜的朝堂，李世民竟是生出一種錯覺來，只覺這朝堂亦非以往的朝

註

5 三衛是指親衛、勳衛、翊衛，都是皇帝親信重臣的子孫來擔任，負責宮廷保安工作。

堂，他這天子也不似以往的天子了。

正失望著，卻見得駙馬都尉杜荷與長廣公主之子趙節連袂而出，彈劾徐真勾結異族，為了個人私欲放走了慕容部五千人馬！

李世民初始還有些興趣，但聽得二人越說越是放肆，只想著通過徐真，將老人李靖給牽扯進去，頓時心中發涼。

這朝堂之中從來不乏爭鬥，然而近幾年來，這種爭鬥卻慢慢從幕後湧現到了檯面上來，這也讓李世民感到極為不安，而這些個文官武將兀自爭鋒也就罷了，卻偏偏將太子李承乾，四子李泰和九子李治給牽扯進來[6]，實在讓李世民心頭憤怒。

李明達已經將所知曉的情況都與他說了個明白，當時徐真為了拯救李明達，孤身一人入了慕容寒竹的圈套來，可謂孤膽豪壯之舉，卻偏偏被人抓住了這個由頭，既有人提出來，朝堂的爭議就此被拉開。

先是薛萬徹彈劾李靖消極守城，不思反攻，以致於甘州差點陷落，守城過程當中死傷甚重，丟了國威。

再有高甑生誣告李靖以區區數千殘兵，卻最終擊潰了阿史那厲爾近三萬的強將精兵，其中必是以徐真為關節，驅使了麾下薩勒與柔然人溝通賊虜，暗中做了交易，又說契苾何力收納異族，定是與李靖一同圖謀不軌，並列舉人證物證若干，說得煞有介事。

這些人也是不長眼，見得聖上犒賞三軍，獨不封李靖，皆以為聖上對李靖心懷不滿，正是彈劾李靖的好機會，卻不知在李世民心中，任何封賞都已經無法匹配老軍神李靖的功勞。

這位軍神百戰百勝，引得諸軍將士心懷嫉妒，這麼多年來誣賴陷害從未缺少過，然李靖心性豁達，不作辯爭，更潔身自好，從不參與朝廷的文武爭鬥，在李世民心中，他李靖才是真正的百官典範。

再說契苾何力這位異族將領，當初他被族中內奸造事，綁至薛延陀，李世民不惜用下嫁公主的代價，也要將這位死忠將領給贖回來，他最見不得別人說契苾何力有異心！

這些人見得聖上不開腔，心中自洋洋得意起來，覺得李靖此番必是晚節不保矣，然而陛下沉默了良久，這才睜開微閉雙目來，朝李靖說道：「藥師（李靖表字）公可有自辯之詞？」

李靖見得聖主如此問話，不由心寒，顫巍巍站了起來，重重嘆了口氣，一輩子從未替自己辯解過的這位老軍神，嘴唇翕動了好幾次，終於是咬牙說道：

「陛下，臣服侍皇朝十數年，自詡只是個軍人，縱然死了，也要馬革裹屍，落個有始有終，也從不理會這些個明爭暗鬥，難道用了半輩子的出生入死，還證明不得自家清白與

註

6　這三人與李明達皆為長孫皇后所生，李承乾為長，李泰次之，李治乃三子。

忠貞？」

李靖短短數語，卻充滿了蒼涼，道盡了這些年來的辛酸，看著老軍神佝僂的身軀，不耐久站而發顫的雙腿，李世民雙眼頓時濕潤起來。

「朕又豈會不知藥師之忠誠？只是老弟兄一個個走了，很久未得有人與朕說些真心話兒，朕只覺得，這朝堂越發不似朝堂，似乎都在等著朕死呢。」

李世民向來以仁義之君而著稱，國民齊心，他也是寬仁大度，愛民如子，此番道出如此兇狠的言語來，朝堂之上頓時轟隆隆全數跪倒了下來！

李靖仍舊站著，與李世民相視著，似乎又回到了當初隋亂征戰的日子，這位老軍神朝當今聖上笑了笑，躬身請道：「臣李靖老矣，不復當年力氣，本就是入了土的人，今番能退了吐谷渾的兵，全仗著中郎將徐真的八門神炮，聖上英明，這些個兒郎就是今後我大唐軍隊的新柱，臣有不肖，即請歸以養老，還望陛下恩准！」

李世民聞言，悵然若失，其分明知曉內情，高甑生延誤軍事，幾使甘州陷落，然李靖擔憂寒了軍心，並未將其解回京城問罪，反而使高甑生得了封賞，然而那高甑生卻倒打一耙，急欲汙了李靖名聲，想到這裡，李世民不由憤怒起來。

「高甑生，爾豎子當真以為朕老來無為也？朕寬懷以對，若爾不曾誣告李靖，朕也就放過了你，沒想到你卻接連使朕失望，征伐之時，爾坐違李靖節度，今日又反誣李卿，朕豈能再容你，念你勞苦，免了死罪，流放千里罷！」

話音剛落，群臣震撼，本以為聖上失了當年銳氣，不曾想仍舊如此雷厲風行，說封就封，說流放也就流放了！

文武百官可不想於聖上發怒之際提出異議，然而侯君集卻出列勸諫道：「甄生乃舊時秦王府功臣，還請陛下寬其罪過……」

此番侯君集孤軍深入，端了吐谷渾老巢，功勞也算是實至名歸，李世民已經寒了李靖之心，不想再打擊老臣子，然而高甄生罔顧尊威，他又豈能再有所容忍，當即回復曰：「雖是藩邸舊勞，誠不可忘，然理國守法，事須畫一，若甄生獲免，誰不覬覦？我必不赦者，正為此也，君集勿需多勸！」

高甄生聞言，頓時癱坐於殿上，生怕累及妻兒，卻是不敢多做抗爭，隨即被金吾衛帶下了殿堂而去。

李世民見得人人心驚，也是暗自搖頭，撫了額頭輕嘆一聲，這才慍怒道：「都起來吧，難不成爾等都如那甄生豎子一般，對朕有所欺瞞，這才愧疚而跪？」

諸人聞言，不敢再跪，紛紛起身來，哪個還敢多嘴半句？

心情煩躁之餘，李世民也是頭疼不已，自是要恩威並施，故而朝李靖說道：「藥師鞠躬盡瘁，朕知你素來忠心為國，卻是甚麼封賞都抵不過的，就讓你家兒郎傳承個世襲罔替罷。」

李靖年事已高，確實無欲無求，但想起李德謇和李德獎，心頭感激，也是誠意謝恩則個，朝會鬧了這一番，才草草收了場。

百官退去之後，自有一番議論，徐真之名也算是傳播開來，既升了官職，又成了李明達的兄長，儼然成為了朝中新貴，可謂風光一時無兩。

然有心之士亦能敏銳嗅出諸多不諧之意味，太子李承乾雖仍舊御下聽政，然從頭至尾未得表現，似乎也體現了聖上的一番心意，加上長孫無忌等一干文官居然毫無作為，就不得不讓人深思熟慮了。

按說徐真該歡喜至極才是，然而他心頭卻沒有任何的喜悅之感，腦海之中就只有李世民的嘆息，還有李靖離開之時，那落寞的背影。

不過這樣的負面情緒很快就消失無影，因為他有著強烈的預感，那件大事說不得就要來臨了！

第八十一章

淑儀殿中再會晉陽

年末，初初透著歡聚與來年之希冀，加上國家打了勝仗，整座長安城處處洋溢著喜氣，街坊京民多有歡慶，似乎在期盼著「爆竹聲中一歲除，春風送暖入屠蘇。千門萬戶曈曈日，總把新桃換舊符」的年關。

徐真的府邸也掛上了門匾，乃出自當朝將作大匠閻立德之手，上書「神勇徐府」四字，雖稱不上金碧恢弘，卻也算得是大氣手筆。

十四紅甲既是家臣，又有翊衛官職，每日準時點卯值守，空閒時才回到徐真府上來安頓，少了胤宗等人在旁挑釁切磋，日子過得乾巴巴的，只好每日與自家主公對練，一個兩個也不知留手，徐真時常黑著眼眶去內廷當值。

且說李明達與徐真雖有了兄妹名分，實則卻居於內宮之中，每日陪伴君側，又多與兄長李治親近，她自小知書達理又乖巧玲瓏，三位哥哥對她都是疼愛有加，有了她從中調劑，李承乾三個兄弟倒也算得和睦。

這李明達是個盡孝之人，失蹤了一年之後，似要將分離之日都補了回來，聖主閒暇之餘，就論起過往經歷，雖言語樸實，聽著卻是驚心動魄。

所謂知女莫若父，李世民又是個洞察如觀火的真龍，漸漸也就察覺到了女兒對徐真的那番小心思。

雖說徐真出身卑微，然則品性良善，舉止有度，且謙恭好學又廣博多才，說他文武雙全也不為過。

早在班師之後，聖人就檢閱了諸軍將士，對搬運回來的神火炮「真武大將軍」有著極度濃烈的興趣，已然使人搬運到了明德門城頭，以供百姓瞻仰，展示唐軍之神威，又命工部好生鑽研，勢必要將此等戰爭利器發揚起來。

前些日子閻立德又獻上一方稀罕之物，固稱得了徐真的傳授，卻是一方高六尺，寬一尺的銀鏡！

與尋常銅鏡不同，此鏡銀亮非常，周遭飾以金銀，包裹點綴異常華麗，更難得投影纖毫畢現，背面木底子上卻是刻著徐真親筆的一段詞。

「以銅為鏡，可以正衣冠；以古為鏡，可以知興替；以人為鏡，可以明得失。」

此乃聖人金句，鐫刻於明鏡背後，越是妥帖，徐真字如其人，筆鋒消瘦卻不失蒼勁，行雲流水卻又暗含跌宕，深喜書法的李世民，都不禁對徐真的字多看了兩三眼。

觀其字而得其志，推其志而知其人，這段時日的觀察之下，李世民對徐真的家底也越發的清晰明朗起來，終究是放心下來，如此，對李明達這顆掌上明珠也就鬆懈了一些。

這日徐真在軍衙之中處理完公務，到了內湖小亭賞雪，小泥爐溫溫地煮著新酒水，正欲附庸風雅，卻是被宦官喊到了掖庭宮西側的淑儀殿中。

此殿乃聖上特意為李明達開闢出來，未得允許，任何人不得干擾，而守衛此殿的也並非左右衛和三衛，乃是聖人親自栽培起來的女武衛，個個窈窕，雖稱不上絕色，卻健美頎長，頗有風姿。

女武衛見得徐真帶刀而來，不由特意矚目，卻見徐真深緋官服，銀魚袋，那長刀封了鞘，造型卻頗為惹眼，當即認了出來，這風流漢子，不正是眼下最炙手可熱的翊衛中郎將嗎？

李世民如約將長刀歸還徐真之時，還切切期望了一番，道是讓徐真繼承殷公的風德與英雄，徐真自不敢忘，又允徐真帶刀入宮，便宜行事，如此寵愛卻是他人所不及也。

到得淑儀殿中，連那宦官也撤了下去，換了宮女來引徐真進殿，轉過正殿又穿插內廷，到得李明達平日讀書的養氣殿相見。

見得徐真帶到，李明達心頭雀躍不已，忙迎了出來，卻著實讓徐真好生驚豔了一番。

寶殿之中如春溫暖，故而李明達也未披蓋厚重冬衣，此時肩若削成，腰如約素，眉如翠羽，肌如白雪。

上身淡黃色雲煙衫，大朵牡丹翠綠煙紗碧霞羅，又有逶迤拖地白色宮緞素雪絹雲形千水裙，低垂青絲，斜插鑲嵌珍珠碧玉步搖，雖未及豆蔻，卻出落得亭亭有致，身子越發拔得修長，胸脯也開始發育起來，媚眼漸漸清晰，卻是十足的美人胚子了！

「丫頭，一段時日不見，倒是長大了不少咧！」徐真也沒個正色，伸手就摸了晉陽的頭，三千青絲亂了一團麻似的，小丫頭白眼連連，扠腰佯怒，心頭卻是享受著這久違的親昵。

「哼！當死的騙子，見了本公主不行禮數也就罷了，怎地還動手動腳，信不信本公主差使了女官來，剁了你的狗爪子！」

徐真見得宮女都已退下，四下無人，就趁勢捏了捏晉陽的滑嫩臉蛋，嘿嘿一笑道：「裝個什麼公主，你就是我徐真的親妹子，莫在此裝腔作勢，近年了還一嘴一個死，不甚吉利，惹惱了妳哥哥，少不得一頓屁股！」

晉陽畢竟情竇初開，聽得徐真牽扯到肌膚之親，臉色頓時羞得通紅，但知曉徐真並無邪念，自己也不好顯露，輕啐了一口，扮了個鬼臉，見徐真作勢要打自己屁股，連忙躲將開，順勢將徐真迎入房中。

若是一年以前，謹守禮儀的晉陽公主殿下，何嘗做得出如此粗俗的尋常女兒姿態，又如何說得出這調笑的言語，然而這一年間，她與徐真所經歷的過往，足以將她的心性改變。

想到改變，她不禁想起自家親生大哥的改變，這一年來，李承乾的改變，也著實讓人憂心，小丫頭眉頭就皺了起來。

徐真對她知根知柢，見得不太樂意，遂問起話來，李明達也不忌諱徐真，畢竟在她心中，徐真並非那不能交心的外人，便將心中憂慮都說與徐真知曉。

原來這李承乾並非史料上那般不堪，少時也是個賢淑好孩兒，聰慧可喜，仁孝純深，八歲即被立為太子，貞觀九年五月庚子，唐高祖李淵病逝，李世民居喪期間，更是下詔令太子監國權知軍國大事，太子識大體、能聽斷，頗得李世民歡心，之後聖上每每外出巡幸，皆由太子留京監國。

到得貞觀十二年，李承乾集諸官臣及三教學士於弘文殿，舉行佛道儒三教論道，頗得文人之心，於是乎，聖人下詔令東宮置弘文館，多募學士，以掌東宮經籍圖書，教授諸生，但凡課試舉送，皆入弘文館。

然此時李承乾罹患足疾，行動不便，年少之心倍受打擊，年歲又越發成長，便有了主見，開始叛逆起來，聖上擔憂，遂搜訪賢德，以輔東宮，挑選房玄齡、魏徵、孔穎達等老臣、名臣出任東宮輔臣，以正李承乾心性。

可這些個老臣都是善諫之人，教授之餘多嚴厲，稍有差池即痛心疾首，指謫李承乾不是，且爭相上疏，措辭兇狠，言語鋒利，以致於適得其反，引了李承乾越發叛逆。

貞觀十四年，承乾不過搭建了房屋，老臣于志寧便上疏聖人，批判太子過於奢華，承乾與宦官玩樂，又被上疏，于志寧甚至將其比作秦二世，而孔穎達批判更甚，諫諍愈加迫切，承乾越不能納言。

李承乾對女子無愛，卻偏好男風，寵幸一名太常樂人，並賜名「稱心」，未想到卻又被上疏，聖人知曉後自然大怒，遂殺了這稱心，承乾痛徹心扉，於宮中立室，日夜祭奠，又樹塚立碑，贈予官職，常為稱心而悲泣。

如此一來，聖人越發不喜承乾，然而就是這緊要的時刻，李承乾居然還不知收斂，暗中集合了一幫突厥殺手，想要刺殺這些個老臣，替那稱心報仇！

李明達向來心思玲瓏，兄長們對她也疼溺，故而知曉了李承乾的意思，卻不知該如何勸解，一時間主意全無，束手無策，只有暗自傷神，此番見得徐真，觸動了心中傷情，自然傾吐了出來。

徐真也是心頭大駭，若史料無差，這李承乾引了突厥群豎入宮，並非為了刺殺老師，而是意圖逼宮謀反！

然而此時卻無法與李明達，甚至於任何人知曉，按著史料，謀反一事乃始於齊王李祐，這才牽扯出太子之心，可此時卻跳過這一環節，如此變動卻不知是史實如此，亦或是徐真令得李明達不死，才引發的蝴蝶效應！

在李明達心中，徐真素來多智多謀，眼下見得徐真眉頭緊蹙，也知曉事情利害，心裡越發擔憂起來。

徐真思慮了片刻，決意從中阻撓，再不濟也要勸阻了李承乾，以期歷史能撥動回了正軌上來，減免蝴蝶效應的影響。

「丫頭，你也莫要多操心，尋個適當的時日，讓我見一見太子殿下，某自當從中盤旋，消了太子此等念頭，否則必釀大禍矣……」

晉陽聽了徐真之言，心頭頓時安穩，只覺有所依託，畢竟此等違逆之事，若讓聖人知曉，無論真偽，李承乾的太子之位必定難保，作為妹子，李明達實不願看到此等場面，故而對徐真百依百順，自是與李承乾溝通一番，安排他與徐真會面之事宜。

且說徐真離了晉陽，回頭與張久年密議了一番，卻是沒什麼對策，心頭兀自煩躁，又與凱薩說了，這女兒家也沒大見解，越發讓徐真感到棘手。

正不知如何處置，晉陽那邊卻已經安排妥當，不日將再赴淑儀殿，與東宮太子李承乾來一番口舌之勸。

第八十二章

密見太子徐真射覆

徐真得了晉陽的消息，忙從軍衙中出去，見得一位眼熟的偽裝女官，遂與之暗行至淑儀殿，一路無話，到了內殿書房，就見得李明達出門相迎，那李承乾卻仍未到來。

李明達知曉自家兄長心情不定，生怕徐真逆了李承乾的意，惹出些不歡而散的事兒來，故又將李承乾的脾性說道了一番。

徐真自是有心聽取，畢竟此次若勸阻不得，不及齊王李祐反事，李承乾就要提前逼宮，果真如此，怕是要動盪了歷史。

其實徐真之擔憂也並不無道理，雖李承乾頻遭師長上疏斥責，然聖人對其仍舊抱以厚愛，亟盼諸多名臣用心疏導指引，自己也多有撫慰，然而自從李明達回歸之後，聖人似在彌補這一年來的分離，將子女之愛盡數灌注到這李明達的身上來，對李承乾少有問候。

如此一來，李承乾自覺大人已棄之不顧，又加上當今司徒長孫無忌多有微詞，幾次暗示聖人廢儲而新立，這才使得李承乾動了叛逆之心。

說到底，若沒有徐真，李明達自不可能回得長安，李承乾也就不需要提前叛變逼宮，想通了此處關節，徐真越發覺得此事都落在自己身上，心中切切思想著言辭，李明達為人玲瓏巧妙，又懂得討那兄長歡心，自是知無不言。

二人正說著話，殿外女官卻通報太子殿下親臨，徐真連忙緊隨李明達其後，出門來迎。只見這大唐太子身長肩寬，臉頰消瘦，形容不整，也不帶正冠，只是將那長髮胡亂紮了一把，行動遲緩，似有跛足，卻不甚分明，見得李明達，其人也是笑顏逐開，兄妹倆也沒個顧忌，笑鬧著假意見了禮。

徐真見二人禮畢，就要給李承乾行禮，後者卻搶先過來虛扶了徐真一把，挽手稱謝，感激徐真對李明達的救助之恩。

「賢弟漫要多禮，若非你一路守護，兕兒又豈能安生回來，我兄妹情深，賢弟即是我恩親之人，兄早該到府拜會，因著公務糾纏，未能成行，多有遺憾，今日偶遇，自當暢懷傾訴！」

聽聞李承乾以兄弟相稱，徐真慌亂亂推辭，非故作姿態，實則這李承乾不久之後就要東宮事發，凡沾親帶故者無不受累，徐真雖對李承乾無甚惡感，卻也不敢亂攀附這份情誼。

三人入了書房之中，卻並非飲酒，而是喝茶。

唐時的喝茶可不同今日，陸羽這廝還差個百年才出生，未寫就茶經，故而喝茶也不甚講究，唐人口味又沉重，將些個亂七八糟的佐料盡數傾入茶水之中，兀自甘之如飴，徐真這等異世之人，卻是喝不習慣。

由於要講個私密話兒，故已將貼身女官和宮女都趕了出去，晉陽年紀雖幼，卻是地主，理當操起這煮茶的行當來。

只見得她淨了手，與徐真、李承乾分賓主落了座，因自知兄長罹患足疾，又取來一個「憑几」，兄妹相熟，李承乾腿腳不便，也不講生硬禮數，跌坐於榻上，斜靠著憑几，與徐真談論吐谷渾戰事，一邊等著妹子煮茶。

徐真卻不敢造次，正經跪坐以對，卻是被煮茶的李明達給吸引了目光。這妮子自小接受宮廷教育，風度儀態俱佳，又跟著聖人學習書法，薰陶出如幽蘭一般的典雅貴氣，此番煮茶，卻如風華少女一般，頗為賞心悅目。

只見她巧手掰了茶餅，輕輕柔柔攝了鎏金流雲紋銀製茶碾子和碾軸，將茶塊碾成碎屑，又撮起來搗爛，放入鎏金仙人飛升紋銀茶羅之中篩出茶末來，置於龜形鎏金銀茶盒之中備用，這茶末彷彿融入其處子體香，聞著就教人舒暢。

其時小爐之中山泉水將滾未滾，遂將蔥、薑、蘇桂、酥酪、大棗等各種佐料加入其中，煮得片刻，水沸騰起來，這才加入茶葉末，煮成「茗粥」，分了三杯出來，依照禮數獻與兄長和徐真，這才算結束了這煮茶的整個流程。

徐真見得這丫頭煮茶之時儼然成熟了幾歲一般，持重沉穩，頗有美娘之綽綽，也不由對這丫頭另眼相看，倒是李承乾久未見親妹子，喝著妹子親手煮出來的茶，回憶起少時一同玩耍的時光，不由濕了眼眶。

見得自家兄長動了親情，李明達也是心頭百轉，遂作了個調皮相，與李承乾笑著說道：「今日歡聚，怎地如此沉悶，徐家哥哥乃祆教長老，多會異能，不如展現些許手段，讓我大哥見識一番若何？」

雖是預先商量好的逢場作戲，然李明達巧笑倩兮，形態逼真，徐真這等大魔術師，演技又何嘗弱了她，頓時作勢擺手推謝，只說這神聖技藝，端莊應驗，不便使來取樂。

李承乾早聽說徐真乃胡天教的神師，且軍中傳說多有靈驗神跡，所謂眼見為實耳聽為虛，未曾親眼目睹，多有不信，此番聽自家妹子提起，自是一呼一應，徐真沒了奈何，只有應允下來。

他掃視了這書房一遭，也沒甚麼好驅使的東西，好在有了張亮的前車之鑒，如今出門都隨身帶幾樣重要幻術道器，沉吟了片刻，即開聲道。

「某修習祆教秘典，多占卜異術，今日歡聚，不如以此為戲，殿下可藏納隨身事物，由某來試作射覆[7]，不知殿下意當如何？」

李承乾通古博今，知曉這射覆乃不傳秘術，且聽聞大漢方士東方朔最是擅長，當即撫

註

7　射覆，射乃猜度之意，覆即覆蓋之意，覆者用瓦盂、盒子、手巾、扇子等器覆蓋某一物件，射者通過占筮等途徑，猜測裡面是什麼東西，古時用於練習占測能力。

掌稱善，轉念一想，又對徐真說道：「賢弟有此秘術，愚兄理當大開眼界，不過既是射覆，當有對錯，兄出門倉促，也未備得珍寶，這枚指環，就權當個彩頭！」

言畢，李承乾將左手指間的金指環給解了下來，那指環形似貔貅或麒麟也看得不甚清楚，只見得一顆方形寶石熠熠奪目，顯是價值連城之寶物！

徐真正待推辭，李明達卻將話搶了過去，調笑著揶揄道：「徐哥哥莫要推辭，將自己當了那百試不爽的先知，到頭來猜錯了，我大哥不笑，卻是把妹子我給笑倒也！」

徐真頓時臉色尷尬，不分尊卑地瞪了李明達一眼，後者卻是朝她吐了吐雀舌，極盡少女姿態，惹得李承乾哈哈大笑。

且說徐真應允了下來，就踱出書房，李承乾生怕徐真博聞強記，有著過目不忘之能，也不敢將隨身顯而易見的配飾拿將出來，思來想去，囊中尚有一顆精雕細琢的狼牙，乃是突厥人贈予的信物，遂將這狼牙置於龜形鎏金茶盒之中，這才引了徐真進來。

入座之後，徐真不作道人掐指計算之狀，而是將襆頭解開，披散了頭髮，又取過一碗淨水，抹破了手指，滴血入水中，用那血水描畫詭異符文，將這鎏金茶盒給圈了起來。

如此詭異神秘的儀式，非但震驚了李承乾，連預先算計好的李明達都為之心驚，只覺得書房之中變得極為陰冷，似有輕風進進出出，那煮茶小爐的火苗都不安地跳躍起來！

此間氛圍瞬間被徐真所掌控，那李承乾也不敢再小視，身子下意識後仰，似乎不願靠近那茶盒，生怕阻擋了替徐真占卜窺視的神靈！

古時之人多迷信鬼神，徐真也是仗著過人的演技，好一番裝神弄鬼，見得李承乾已經入了彀中，心頭暗喜，陡然睜開雙目，口中念念有詞，如癲狂之狀，那咒文越念越急，最終將手輕輕按在了茶盒之上，沒想到卻猝然大叫了一聲，眩暈著倒在了榻上，身子還兀自抽搐顫抖！

李明達作勢過來攙扶，口中關切地呼喚著：「徐哥哥！徐哥哥！」心裡卻惱怒抱怨著：「這當死的大騙子，逢場作戲偏如此逼真，也不知奴家真個兒牽掛得緊！」

此時徐真也是後悔得緊，為求逼真，他動用了內功，猛提了一口氣，卻是倒行逆施，憋得臉色血紅，雙目遍佈血絲，真真透著七八分詭異！

李承乾心頭大驚，心思著莫不是這徐真還當真有著三分異能不成？連忙起身過來扶住徐真，正欲問候，那徐真恰恰抬起頭來，見得李承乾，惶恐著退縮到了李明達那廂去，卻是不願沾染李承乾半分！

見徐真如此驚恐，李承乾心頭也是起疑，也不及怪罪徐真無禮，徐真卻是爬將起來，急著行禮道：「太子殿下切勿責怪，某鬼迷了心竅，今日實在不適合再行異術，還望太子和公主殿下恕罪則個，某先告退！」

話已至此，徐真滿臉驚駭就要退出去，李承乾心中卻是迷霧重重，哪裡肯放人，拉住了徐真手腕，阻攔著說：「徐真賢弟怎地如此不講究，你且試說本太子所覆為何物？」

徐真口中呢喃，狀若入神，卻是連連擺手，直道天機不可洩露，多尋由頭作勢又要走，那李承乾也是個直率坦誠的人物，見得徐真如此遮遮掩掩，心裡也沒甚好氣，頓時板起臉孔來，硬生生佯怒道：「賢弟必是預見了驚憚之事，又何以不明言，難不成要陷你哥哥於不利？」

李明達見李承乾已然深信不疑，又哭啼啼在一旁幫著勸說，懇求徐真指點迷津，若真對他家哥哥有害無益，哪怕折了壽數，這天機也要洩露個一星半點來。

徐真覺著時機拿捏差不多，就長嘆了一聲，作得個無可奈何的姿態來，語重心長地對太子說道：「實不相瞞，此物乃北方大凶之物，此天機若洩露出去，勢必掀起血雨腥風，朝堂震盪，敢叫日月換新天矣！」

李承乾心頭一緊，沒想到區區射覆之戲，居然讓徐真窺視到了他與突厥人的逼宮密謀，當下就被徐真的言語給鎮住了！

徐真知曉說中李承乾心事，當即驚呼道：「殿下果有此意！」

聽得徐真此言，李承乾才猛然抬頭，雙眸之間一抹凶光，殺機瀰散！

第八十三章
多事之秋凱薩殺人

且說徐真假借射覆占筮，作弄那神鬼之事，竊得了李承乾機密，後者心知此等天大反事，若張揚出去，絕不得善終，眼中殺機瀰散開來，將那細妹子李明達都駭了一跳！

她雖知曉兄長暗中溝通突厥群豎，卻不知其中內幕，更不知兄長要作那逼宮謀反的大事，只道兄長多交異族，會引發聖人不喜，保不住這東宮的寶座，此時見得徐真如此推敲，卻是看出來，徐真果是說中了兄長心事矣！

李承乾自小寬仁慈善，也不作那惡相以示人，從來都是親和善解，此番面露戾氣，真真是嚇住了李明達！

不過他也並非衝動無腦之人，知曉徐真風頭正盛，漫說打鬥不過徐真，就算打鬥得過，將之殺死在淑儀宮中，也是個說不清的罪過，當即收斂了殺氣，換上笑吟吟的面容來，隨意擺手道：「賢弟切莫憑空嚇唬，你哥哥雖然不肖，卻也不至於做那天怒人怨的死人之事，賢弟莫多作猜想，咱三人隨便戲耍之言，若讓旁人聽了去，說不得要鬧出天大的災難來！」

徐真也是冷汗淋淋，慌忙告罪道：「是在下浮浪了，一切全憑殿下吩咐，事情攸關，在下也是個懂分寸的人，還請殿下放了寬心。」

李承乾見徐真說了軟話，心裡也是稍安，然畢竟顧忌徐真的特殊身份，這聯絡突厥人逼宮之事，說不得要緩上一陣子了。

徐真何等人也，於坊間追索公主，千里相護，又在軍中搏殺，發明各種奇異巧重軍器，立下赫赫戰功，得了聖人破例提升，可謂一步登青天，春風得意無人能及，如今又特例帶刀行走，隨意出入淑儀宮。

這等優待，徐真想來也不敢鋌而走險，將太子的秘事給揭發上去，畢竟陛下對李承乾還是多有眷顧，雖左右百官名臣多有彈劾，卻愛子如初，不曾悔改，查將下來，徐真也要擔負全副身家，實則不值也。

李明達深諳兄長性子，稍有謊言欺瞞，自神態都可察覺出來，此時心中確定了李承乾有反意，想著帝皇之家果真無情無義，心頭也是難受痛楚，泫然欲泣。

李承乾心有愧疚，不敢多留，卻不好當面取了那突厥狼牙信物，當即詢問徐真道：「賢弟此番可否明言，這茶盒之中所覆為何物？」

徐真假作咬牙之狀，艱難回復曰：「非金石非草木，凶戾之氣瀰散衝突，該是骨牙之屬，若無出入，當為虎狼之牙，這才難以掩飾逆反天機……」

言畢長長嘆息，眼中滿是惋惜，也不再做戲，情真意切地與太子勸說道：「殿下可否聽某一句？某深受皇恩，又將兕兒當成自家妹子，實不忍看到骨肉相殘，兄弟分崩之事，某厚顏當了殿下是兄弟，才一番肺腑，若殿下信不過徐某，當尋了些許好手來，將某刺死府中也就罷了，萬不可輕動邪念才是……」

李承乾見徐真說得情真意切，心裡也懊悔不已，取了那狼牙，掩面而去，臨了也跟徐真交了心，坦誠而道曰：「賢弟果是真情之人，只是這天下許多事情，也有個身不由己的說法，這皇家庭院之中，越發如此，若果真不得已而為事，只求賢弟看顧兕兒周全，兄先在此謝過了則個！」

徐真看李承乾敞開了心扉，又看著李明達眼珠子亂竄，心頭也軟了下來，撫著李明達頭髮，正色允諾道：「我與兕兒歷經生死，早已情同血肉，但有兇險，必將拚死以捍衛，只求殿下三思而後行則已。」

見得徐真如此表態，李承乾心頭欣慰不已，出了淑儀宮，仰頭一看，漫天陰霾如那浸透了墨汁的鋪蓋，沉沉地壓在心頭，讓人喘不過氣來，緊緊握著手中狼牙，遙遙望著太極殿方向，李承乾心緒如狂潮，翻滾不定，連忙回宮尋人秘議計畫去也。

送走了太子殿下，徐真又安慰起李明達，揣測著經此一事，太子殿下必不敢倉促從事，這危機也就緩和了下來。

但誠如太子所言，身不由己之時，明知事不可為卻又不得不為之，想要從根本上解決這個危機，卻是不太可行之事。

大抵朝堂文武對太子多有微詞，彈劾之舉更是不曾間斷，哪怕太子殿下真能夠榮登九五，卻也怕壓不住這幫老臣，聖人英明，不會想不到這等憂慮。

想來易儲之事確實勢在必行了，然除了聰慧機敏敢於決斷的太子李承乾，當屬魏王李泰最得寵愛，又善書畫多辯才，卻是個文治之人，而晉王李治雖膽小懦弱卻素有仁孝，三子吳王李恪最有賢名，精於騎射，又通文史，可謂文武雙全，歷任以來名望素高，為物情所向也。

連聖人都常與人說，這三子「英果類我」是也，然則李恪之生母乃楊妃，是前朝隋煬帝的親女，此多為朝廷所忌憚，故而吳王早早就藩，都督益、齊、安州、梁等四州。

此等大事自然不是徐真所能染指的，他雖具有史料相助，得了個前瞻的便宜，卻擔憂會擾亂這人間的軌跡，越發要小心謹慎起來，安撫了李明達之後，鬱鬱回到了衙門。

這才剛坐下，有衛士入得門來，報說大將軍尉遲敬德召了五府衛士議事，徐真趕忙跟著過去。

原來這年關即到，聖上欲夜宴百官以賀歲，諸多藩王和邊關重臣也要回長安來，如此一來，守衛長安維持秩序就成了千牛、金吾、左右衛等宿京衛官的重中之重。

徐真乃翊府的中郎將，肩頭重擔也是天大的壓著，待尉遲敬德將回京藩王和重臣的名單發落下來，也不敢大意，細細地瀏覽下來，卻停留在了一個名字之上。

漢王李元昌！

此人乃高祖李淵第七子，先封魯王，後又改封漢王，書法受王羲之、王獻之影響頗深，雖在童年卻已精至筆意，善行書，又善畫馬，筆跡絕妙，且收藏百家名作遺跡，汗牛充棟。

不過吸引徐真者，斷不是關於漢王李元昌之才能，而是他與李承乾年紀相仿，自小交好，初時與人無爭，而後卻捲入了李承乾謀反一案，被紇干承基告發，坐罪被斬！

也就是說，根據史料，這漢王李元昌乃太子李承乾一方陣營，此番回長安來朝聖，說不得要攪動出些許動靜來！

徐真對史料也記憶得不甚清楚，但卻依稀記得，這李元昌回京之後，常常夜宿東宮，與李承乾密謀，又暗下做那歃血盟誓之事，說不得就落到了今次也！

雖明知漢王李元昌與李承乾即將有所圖謀，然徐真卻無法與尉遲敬德明言，心中未免多有憂慮，神色恍惚起來。

尉遲敬德佈置了諸多機要之處的安排，這才輪到徐真這邊來，因則聖上會在大明宮太液池宴請文武百官與諸多藩王，並有歌樂百戲以助興，勢必需要極大人力來維護與警戒。且諸多外鎮藩王與重臣，會趁機獻禮於聖主，或有奇珍異寶，或有歌舞稱頌，此節同樣是三衛及左右衛的防範重點。

徐真的翊一府雖比不得親衛和勳衛，但同樣需要分擔極為沉重的防禦保護工作，也不知是否尉遲敬德刻意為之，讓徐真及其部下關注百戲集的狀況。

此環節最是混亂，雖入宮之前都有嚴格審查之制，然則若有人膽敢圖謀不軌，最佳時機必然在於獻禮與歌舞百戲之時也。

徐真又細細聽取了任務，這才回到自家府邸，心頭卻如何都安定不下來，正待尋找張久年商議，府邸的執事卻急匆匆過來報告，說是姨娘當街殺了人，張管家先行到萬年縣衙門溝通去也！

聽聞此消息，徐真無異於晴天霹靂，此時正值多事之秋，自己又平步青雲，正是朝堂矚目之時，多方勢力又明爭暗鬥，等著誰先跳將出來，這段時日風平浪靜，徐真也自以為無人再對他有所覬覦眈視，誰能想到居然有人敢將手伸向凱薩！

凱薩此時就如徐真最親近的親人一般，乃徐真之逆鱗所在，此事卻是觸及了徐真之底線矣！

凱薩性格剛烈冰冷，若不是對方挑釁，絕不會動手傷人，如此看來，對方絕是蓄謀而來，徐真想要冷靜，卻是心亂如麻，急急趕到萬年縣衙，卻見得張久年從內走出，連忙詢問相關細節。

張久年輕嘆一聲，只道殺人重罪，被害之人身份有緊要，縣令做不得主，已經上報長安令[8]，長安令亦不敢自作主張，將案子呈上大理寺，請來三司使[9]共同審理！

徐真連忙問張久年，這凱薩是否真的殺了人，所殺何人是也，張久年遲疑了片刻，旋即答道：「死者乃是魏王府長史杜楚客的兒子杜歡！」

「什麼！居然是魏王的人？」徐真也是皺起了眉頭，這才剛剛勸阻了太子李承乾，如今又惹上了魏王李泰，這也註定了他無法抽身於這場爭鬥了。

這杜楚客乃是已故萊國公杜如晦的胞弟，操持魏王府中政事，向來以威嚴正直而聞稱當世，其家教甚嚴，兒子又怎地會當街惹了凱薩？

張久年知曉徐真疑惑，遂解釋說，這杜歡見了主母凱薩獨自上街，以為是浪蕩女子，故而出言調戲，被凱薩嚴詞叱責之後，惱羞成怒，驅使家僕惡狗要強行霸佔，結果動起手來，被凱薩殺了三個，重傷三個，杜歡斃命當場！

此外，張久年也打聽到了一些內幕消息，據說這杜歡與堂兄弟，當今駙馬都尉杜荷交情甚深，說不得是這杜荷籌謀久矣，污蔑凱薩為不良女子，唆使了杜歡來挑逗。

他必定知曉凱薩性子，一旦衝突起來，徐真就會與杜楚客交惡，也就相當於斷了魏王青睞拉攏徐真的可能性了！

註

8 長安令即京兆尹，因李世民曾經擔任過這個官職，故而貞觀年間改為長安令。

9 三司使即監察禦史、刑部員外郎、大理寺少卿，對於對於地方上未決、不便解決的重大案件，則派三司使前往當地審理。

第八十四章 三司會審徐真失心

且說那三司使到了萬年縣衙，分坐了公堂，諸多衙役擺了威風，這才開始正式審核凱薩殺人一案。

徐真雖得了官身，卻也不會衝動到干擾司法，在這長安之中除了李明達之外，可謂無依無靠，李靖已經閉門不出，契苾何力因是異族，處處遭遇排擠，情勢並不太好。

那尉遲敬德雖對徐真青睞有加，但自從遭受聖上一番教誨之後，卻是悔改了衝動暴躁的脾性，收斂了居功自傲，不再張揚跋扈，更不與人爭風，再者徐真無功無助，又如何能得到尉遲大將軍相助？

此時只能與張久年急躁躁地等候在衙門之外，連進去旁聽都不得其門而入。

再說這衙門之內，堂上高坐著刑部員外郎賀蘭白石，此人乃東宮內率府千牛賀蘭楚石的胞弟，而賀蘭楚石乃陳國公侯君集的女婿，極受太子李承乾重視。

至於三司使之中的監察御史，則是杜楚客的門生故吏趙庸，為人清高，不知變通，素有死忠。

這其三者卻是徐真認得的人，正是那隨李靖出征吐谷渾，班師之後晉升了大理寺少卿的劉樹藝，名謀劉文靜之子！

若拋開這樁死案不提，賀蘭白石也算得東宮的一支勢力，趙庸則是魏王李泰這邊的人，而劉樹藝想來該支持晉王李治。

如此一看，這案子背後的較勁可就越發激烈起來了。

由於案情很是明朗，凱薩也不做狡辯，三位主審很快就弄清楚了事情經過。

凱薩乃異族女子，不似大唐娘子這般婉約，出了門也未遮蓋豔麗的面容，於是引來了杜歡的覬覦，想要強霸了去，沒想到凱薩卻是個帶武藝的奇女子，那杜歡求之不得，也就驅使了諸多惡僕來搶。

雖知這惡僕之中也有膽子大過邊的，落了下風之後居然惡向膽邊生，操弄起刀劍來，威脅到了凱薩生死，這凱薩也不能坐以待斃，拔了防身短刃出來，便造就了這四死三傷的大案來。

當然了，這也不乏片面之詞，然凱薩卻不做辯駁，這也讓有心偏袒的劉樹藝頗有為難，他曾私下詢問過萬年縣令，這凱薩曾提及那些個惡僕之中不缺好手，不似尋常家將，卻是些亡命之徒，且抱了殺心，最後連杜歡都控制不住，不像為虎作倀的花奴，卻更像刀頭舔血的獵頭人！

劉樹藝自有機敏，從此之中便可推敲出來，這群人或許並非只為謀色，而是將那杜歡蒙在鼓裡，真實意圖卻是想要殺了凱薩，以斷徐真臂膀，或有敲山震虎殺雞儆猴之意圖！

雖說殺人償命欠債還錢乃天經地義之事，然大唐國策寬容，少有極刑，若獲了死刑，必奏報天子才得以定論，而無論哪一方，都只希望儘早處理掉這樁事，無人敢讓天子知曉，免得私下裡的爭鬥見了光。

這趙庸乃杜楚客的死忠，作為監察御史，雖然品秩低下，然則權限卻極為廣大，當初聖上特例恩准徐真入宮，他心頭就有著憤慨，本想著奔上朝堂磕丹墀死諫，卻被杜楚客給攔了下來。

此人對徐真早已心懷嫉恨，如今徐真的女奴又殺了自家公子，勢必要借機狠狠羞辱徐真一番，讓這位新晉翊衛中郎將喪盡臉面！

賀蘭白石先前得到過太子囑託，切勿對徐真有所動作，反而要遠離徐真，遭遇到凱薩這樁案子，他也知曉了自家主子的心意，說不得要拉扯凱薩一把，可偏偏監察御史是杜楚客的死忠，如此這般，卻是不好迴旋。

作為刑部員外郎，賀蘭楚石乃是最終拍案之人，故權衡了一番，賀蘭楚石也做出了自己的決策來。

既然死刑需奏報天聽，而三家都不願如此，賀蘭楚石也落了個清淨，然凱薩雖為徐真近侍，卻未脫賤籍，名義上還是徐真的婢子，以奴婢之身，殺了杜楚客的貴子杜歡，雖死罪得脫，活罪卻也難逃。

《貞觀律》各有條文，罪責無外乎「笞、杖、徒、流、死」這五刑。打十至五十為笞刑，六十至一百為杖，徒即為苦役，尋常與流刑搭配，而流刑即是流放，又分二千里，二千五百里和三千里。

至於死刑，只有絞首與斬首，哪怕十惡不赦之罪[10]，也不一定獲了這死刑，蓋因有著減免的政策存在。

這減免又有八議、請、減、贖、官當、免等，皆為各級官僚之特權，如徐真這等官職，說大不大，說小不小，這減免卻是需要慎重。

賀蘭白石遲疑了一番，終究開口定論道：「案情明朗，證物確鑿，蠕蠕（即柔然）女子凱薩雖殺傷他人，然死傷者有不軌在先，當屬自衛防範，可減免了死罪，然活罪難逃，本官決議流放二千里，徒刑一年，諸位可有異議？」

劉樹藝不由皺眉，這東宮也不敢太過招搖，然分明是這些個惡徒行兇在先，凱薩自顧自衛，不得已而為之，流徒之刑未免量刑過重，再者，如此對待徐真近人，想必後者定要四處求援，最後說不得要牽扯到大理寺丞，甚至於更高層次上頭。

「賀蘭員外如此斷案，未免有失公允，這案情分明，凱薩不過是迫不得已的保命之舉，

註

10 十惡分別是謀反、謀叛、謀大逆、惡逆、不道、大不敬、不孝、不睦、不義、內亂。

又非故意殺傷，本少卿認為當從輕發落，鞭笞四十即可。」

這賀蘭白石早料到劉樹藝會反對，此時聽得對方如此，心頭也是一凜，自己拋出這量刑來，正是要代表晉王府的劉樹藝，和代表著魏王李泰的趙庸來個二虎相鬥，這劉樹藝果真上了當，如今就等著趙庸發威了！

果不其然，賀蘭白石還未反駁，那趙庸已然坐不住，不過他一開口，卻讓賀蘭白石和劉樹藝都驚疑了一番。

「趙某也覺著賀蘭員外郎的量刑過重，然這異族凶奴殺傷眾多，卻是不爭之事實，若不以厲法震懾，卻無法以儆效尤，某之意見，乃杖刑一百！」

趙庸此言一出，劉樹藝頓時心冷，這廝是想當眾將凱薩活活打死，讓徐真蒙羞也！賀蘭白石也是心頭驚駭，原本還在吃驚這趙庸何時變得如此好交涉，居然動了息事寧人的念想，哪裡知曉，這人才是面熱心黑至極！

若流放了外地，徐真借著些許關係，也能給這凱薩找個好去處，又疏通親朋好友相互關照著，並不會吃太多苦。

可這趙庸卻提議杖刑一百，莫說凱薩到底是女流之輩，身子骨經不起打，就是那彪悍的精壯衛士，打了這一百之後，不死也要脫好幾層皮了！

且這杖刑需袒胸露股來行刑，凱薩乃徐真親近之人，如此光天化日之下，教人如何存得住臉面？

劉樹藝自然要維護周全，果真如賀蘭白石所料一般，跟那趙庸相互辯論起來，引經據典，細數唐律疏議明細條文，針鋒相對，分毫不讓。

這廂當堂爭爭吵吵，徐真卻是心急火燎，正束手無措之時，周滄帶了剩餘的十二紅甲弟兄過來，個個穿著翊衛的甲衣，想是聽聞主母受難，脫了崗位跑出來解救助陣來了！

那些個衙門僕役見得天子近侍一來就十數人，卻是臉色發了白，那周滄兀自按刀叫嚷著：「天殺的瞎眼賊，衝撞我家姨娘，殺了也就殺了，還敢綁了人，敢不敢看看你哥哥的好手藝！」

這廝也是莽撞，說著就要拔刀，好在張久年畢竟是老謀之人，連忙勸阻了下來，這才未釀就另一樁血案來。

周滄見徐真皺眉憂心，甩開了張久年，又跑過來攛掇徐真：「主公，你這是關心則亂，咱何時吃過這等虧，莫是忘了凱薩娘子的恩義？若是如此，咱周滄可看不起主公了！」

這廝向來口無遮攔，又豈有人敢如此對自家主子說話？然徐真將這些個人視為手足，平素也沒個禮數隔閡，自知周滄耿直不屈，這話兒卻也是個道理，他徐真若連自己的女人都保不住，莫說這些換命弟兄，連他自己都看不起自己了！

張久年見得徐真雙眸爆發出戰場上才見得的凶戾之氣，心頭暗道不妙，也罵了這周滄不識情勢，偏偏在緊要關頭挑逗了主公怒火血性，使得主公失了冷靜，徐真一旦動了手，衝撞了衙門司法，這事情就越是一發不可收拾了！

「主公切不可莽撞衝動，望三思而行，此等舉止，卻不是成大事者所為之！」

徐真此時已經按住了長刀，說什麼也要將這衙門闖個通透，哪裡聽得進張久年的話語！

差點要釀出禍事之際，卻見得一人在家僕簇擁之下，急急趕了過來，車馬還未停穩就跳將下來，張口呼喚道：「徐郎將稍安勿躁！稍安勿躁！」

徐真聽得高呼，扭頭看時，卻見得一短鬚長者疾行而來，右袖翻飛，卻是個獨臂的奇人，腦中飛速搜索一番，卻找不到相關史料記載，大抵是個無名之輩罷了。

然而既叫得出徐真之名，說不得是李靖或契苾何力、尉遲敬德等人遣送來的救兵，徐真也是心頭湧起希冀，將刀頭推回了刀鞘之中。

徐真雖不識得此人，然張久年卻是眼珠子發亮，附耳給徐真解疑道：「此人乃晉王府治書侍御史趙恭存是也，往時乃綏州司曹參軍，遭遇突厥野人掠奪，隻身固守府庫，被突厥人施羅疊斷了一臂，雖府庫之中只有十個錢，卻是忠貞至此，其後被聖人看重，入了晉王府。」

待得張久年解說之後，徐真再看這獨臂侍御史，卻又有了另一番感覺，既然是李治的人，顯然是來幫他徐真的，當即迎了上去，二人品秩差不多，年歲上卻有差距，徐真一聲先生叫得理所當然，趙恭存這廂也是受之無愧。

這趙恭存是個能辦事的人，總管晉王府諸多事宜，條條有理，井然有序，李治乃以師禮待之，這緊要關頭，也不與徐真噓寒問暖，開門見山道：「徐小哥哥且稍候，待某入內一探究竟，稍候與你分解！」

徐真心頭大喜，目送了趙恭存入衙門。

第八十五章

徐真反擊夜探杜府

且不說這後世有句俗語，若論這夫婦，紅線纏了腰，赤繩牽了足，百年修了同船渡，自是執手偕老，富貴同當，患難與共，然又說夫妻本是同林鳥，巴到天明各自飛，可見因人而異耳。

凱薩雖是徐真婢子，初是又差點奪了徐真的命，然一路歷險，卻替徐真擋過死厄，那雕弓之情義，此時仍舊歷歷在目，又捨了清白身子給徐真，二人情投意合，相互扶持，早已勝似夫妻，就差了個名分罷了。

即使如此，徐真自是不能任由他人來羞辱她，漫說這背後有著千絲萬縷的明爭暗鬥，就是這數子奪嫡的大戲，徐真說不得也敢進去插一腳了。

此謂人不犯我我不犯人，人若犯我我必犯人是也！

卻說趙恭存入了府衙，公堂上正熱鬧得緊，賀蘭白石坐山觀虎鬥，劉樹藝與趙庸是面紅耳赤，也沒個相讓。

那賀蘭楚石也是個有眼力的人，見得趙恭存來了，怕那趙庸是壓不住了，故而也賣了個人情出來，終結了這爭端。

「二位同僚務須再多作爭辯，這案子是拖延不得，不若各退一步，本官就判個杖責六十，若成了便成了，若不成，那就呈到上頭去，一拍兩散也就作罷了。」

趙庸和劉樹藝還待爭辯，卻是轉念一想，真個兒呈了上去，這案子可就提高了層級，陰暗醃臢的爭鬥說不得要牽扯出許多人來，也就不再多言。

縣令命人取了證狀給凱薩描了圖，三司使又各自用了印章，這才將決議公文報了上去，若無意外，翌日就要對凱薩執刑。

幾位都是官面上的人，見了晉王府上趙恭存來旁聽，自然要寒暄一番，那趙庸卻不識抬舉慣了，冷著臉見了個禮，也就紛紛離開，到了衙門口，正好見得徐真，不免一番趾高氣昂。

徐真卻是忍氣吞聲，偏過一旁去，豈知那趙庸是有眼無珠的渾人，擦肩而過卻冷笑著嘲諷道：「徐郎將倒是辛苦了，本官不忍直視，就透露些與你聽聽，你那婢子躲了死罪，明日剝了衣裳打幾棍也就沒事了，徐郎將不必憂慮太多，這等婢子召之即來，何必傷了心神。」

雖說唐人將奴婢當成私產，可任意處置，但也僅限於主人家，若他人對自己奴婢謾罵毆打，那就是觸犯了私產，律法上都是容不得的！

再說這凱薩在徐真心中分量如山海，又豈容他人褻瀆，真要將凱薩剝了衣服杖責，徐真非暴起殺人不可！

這趙庸的面子越看是越難看，徐真捏緊了拳頭，強忍著心頭怒火，卻沒想到周滄犯了硬氣，聽這狗官明裡暗裡污蔑自家主母，心裡是按捺不住，可又聽了張久年的囑託，不敢多生事端，恨得咬牙切齒。

那趙庸還在徐真面前賣弄，周滄已經忍不住，仗著兄弟身形的掩護，繞到了衙門側翼的車子前面來，從後方打昏了車夫，操弄起陌刀來，三五下就將那大車給拆成了一地的雜碎，一拍牛股，將那拉扯的老牛都給放跑！

徐真也不管那趙庸暴跳如雷，見得周滄兀自竊笑，知是這廝的手段，心頭也是溫暖，待得片刻，趙恭存與劉樹藝一同走了出來，徐真連忙迎將上去，這才將情況細細分說了個清楚。

劉樹藝又將自己所得的疑惑都說了出來，想來那些個杜家的惡僕，必定是假借身份，實則行刺的凶徒，卻是不知這杜家是否有牽連，到底真相如何，還需問過凱薩本人。

徐真心切凱薩，求著入了牢房，與凱薩見了面之後，心有不忍，眼眶子一下就紅潤起來，惹得凱薩親昵地刮了他的鼻子，故作嘲笑道：「我的郎將哥哥，何以這般女兒態，羞也不羞！」

雖凱薩並未遭遇拷問，然與那些個惡徒爭鬥之時，仍舊落下了些許輕傷，又米水不進，人兒都憔悴了許多，徐真自是心疼，不解道：「姐兒乃女中趙雲，這三五個爛人，如何處置不了，怎地就落了彀中！」

凱薩見徐真牽掛於她，心裡也是暖洋洋的舒服受用，連忙解釋道：「這些人確實不濟，但其中參了三兩個刺客好手，奴家想著必是衝著我的好弟弟來的，就將那些刺客好手給處理乾淨了，只是又擔心給你惹了禍事，沒個法子，只有束手就擒，免得讓你落了把柄口舌……」

徐真見凱薩說得情真意切，如此生死關頭，居然還想著保全他徐真，心裡莫名難受起來，又問起當時的細節，與凱薩說明清楚，勢必要查出真相來，必不讓凱薩受辱，這才離了牢房。

趙恭存既是會辦事的人，遂托了縣令，交代了下去，不讓人騷擾凱薩，一應用度都端了好的上去，好生伺候著，這邊又跟劉樹藝商議了一下，帶著徐真截住了賀蘭白石。

這賀蘭白石正封了決議，想驅使官吏送到刑部去批復，卻讓趙恭存給攔了下來，又與之耳語了一番，那賀蘭白石也時不時偷看徐真兩眼，眉頭緊皺又舒展，也不知跟趙恭存溝通了甚麼買賣，終究是點了點頭，與劉樹藝打了個揖，朝徐真點頭示意，這才離開。

趙恭存見著賀蘭白石離開，這才與徐真講明，他已經打點好了關節，賀蘭白石答應延遲一個晚上再上報刑部，待得刑部審議又有大半天拖延，如此一來，凱薩的執刑時辰將拖後許多。

而想要替凱薩謀取一些福利，也就看徐真能否找出有力證據，證明這些人並非杜家僕人，而是混雜了的刺客，如此一來，才能讓賀蘭白石改判，免了凱薩的罪。

諸人訴說了一番，各自回歸府邸，徐真又趁著宮門未關，到了淑儀宮中，與李明達細說了一番，這小妮子雖向來不喜凱薩，內心多有醋意，但聽得凱薩落了牢獄，也是暗自心切，這等事情，哪裡敢驚動自家大人，思來想去，又搬了李無雙過來，讓她好生看顧著牢裡，後者雖有腹誹，但還是滿口答應了下來，畢竟幾個人曾經共過患難，嘴巴硬，心裡卻是軟。

徐真又問及杜楚客家中詳細，李明達不甚清楚，李無雙卻瞭若指掌，遂一一道來，讓徐真有了底氣。

離了淑儀宮，徐真又找到閻立德，索要杜楚客府邸的路線，此等秘事，閻立德自也不敢輕易答應，但聽說了事情經過之後，也是怒氣填膺，爽爽利利就找了個信得過的，將杜家的府邸結構圖都抄了出來。

既要做這黑燈瞎火的勾當，徐真也不敢帶上周滄，與摩崖老師傅打了個商量，待得夜色暗了，帶上張久年就往杜楚客府邸那邊潛行過去。

且說此時杜家府邸卻是哀嚎一片，這杜歡雖然浪蕩，卻是個有孝心的人，頗得杜楚客的歡心，幾個兄弟姐妹也都哭哭啼啼，靈堂上更是哀嚎一大片。

人生之痛莫過於白髮送黑髮，這杜楚客心頭積鬱，生怕睹物思人，兀自將自己關在了房間之中，捧著個兒子的促織籠子暗自垂淚。

正到傷心處，有內人卻是從後門帶回來一個熟人，杜楚客看清了這人面目，當即冰冷了臉，大怒著罵道：「好你個蛇蠍心腸的賊，怎敢再來我家！」

那人也不氣惱，輕嘆一聲，關緊了房門，這才勸說道：「杜兄莫要如此，這也是手底下的人沒了分寸，誰能想到會害了你家公子……如今一計不成，還需再做斟酌，杜兄難道不想報仇？」

杜楚客聞言，氣不打一處來，頓時罵道：「好你個李綱！害了我一個兒子不夠，卻又要再來害我！」

若有旁人在場，聽得這李綱的名字，說不得要嚇出一身汗來！

且說這李綱為人，本是前隋的太子洗馬，輔佐太子楊勇，最後卻被楊廣偷了皇座，到得李唐，高祖李淵又命他為禮部尚書，太子詹事，輔佐太子李建成，結果李建成又折在了玄武門之變上，到了如今，他又開始輔佐李承乾了。

此人就是個天煞星偷下凡間來，但凡被他輔佐之人，無一不受害，而凱薩這樁事，也是出自他的手筆！

這李承乾本是個聰慧機敏懂禮貌的好孩子，卻被諸多名臣老臣不但上疏批判，其中就有李綱在作祟挑唆。

李承乾又非癡迷之輩，心思玲瓏，知曉這些個齷蹉事皆因李綱而起，遂起了殺心，暗自溝通了突厥人，想要刺殺李綱。

只是這李綱也是精滑的人，眾目睽睽之下，李承乾也遲遲未能尋找機會下手，卻讓李綱的心腹聽去了一樁機密，又是那該死的逼宮謀反大事！

如此一來，李綱就有了把柄，三天兩頭派了間諜，跟著李承乾來探聽，那日知曉李承乾在淑儀宮見了徐真，自己推敲著，必是招攬徐真做了夥計。

然而又聽得李承乾驚憚憤然而歸，知曉徐真不受招攬，如此一來，只要殺了凱薩，徐真必以為是李承乾所為，既受了威脅，這徐真勢必要反擊，說不得會將李承乾的陰謀給捅到聖上那裡去。

如此這般，他李綱就再也無需提心吊膽防著太子了。

可他沒想到，凱薩的武藝如此出眾，他手底下那些人一個能打的都沒有，非但沒有將凱薩殺死，反而將杜楚客的兒子給搭了進去！

他李綱閱人無數，對魏王李泰最是推崇，正想借著杜楚客這條線，聯絡魏王李泰，同樣想做一番從龍的大事。

此番計策失利，自然要找杜楚客再來籌謀一番，然而天道有輪迴，也該是報應不爽，他二人正密謀得緊，卻不知徐真與張久年已然潛入到了杜府來，徐真還在別處搜查取證，而張久年卻是直闖核心，將二人的商量給聽了過去！

第八十六章

久年竊聽又得密信

孟家半聖萬章中有云：「莫之為而為者，天也，莫之至而至者，命也。」大抵說的是那不做而成的是天意，不求而至的乃命數。到了後世又有命裡有時終須有，命裡無時莫強求的說法，道盡了命運的戲耍乖張，人力所不能篡也。

且說徐真與張久年換了皂色夜行衣，潛入到杜楚客的府邸之中探索真相，也該是張久年命中旺主，兜兜轉轉到了杜楚客的書房，好死不死偏就竊聽得東宮李綱與主人家的爭端，揪出了好大一樁陰謀來！

這二人自覺府邸深沉，又有家將巡視，加上這日又給那短命的杜歡做喪，說話也就沒了顧忌，將其中腌臢盡數翻出來爭吵，讓張久年聽了個心驚膽顫，才知曉諸多皇子一個個都不安分，長安卻是難以長安也！

畢竟隔了牆，有耳也未必全聽了去，張久年屏息凝神，全然忘記了警戒，正聽得要緊處，卻聽得身後一聲炸雷般的震喝：「好個肥膽的短命賊！敢偷到官家來！看打！」

張久年心頭一滯，剛剛扭頭，就覺得耳邊嘶嘶作響，卻是一條齊眉棍兜頭掃了過來，慌忙低頭避過，一腳踢中那家將的胸腹，將後者給踢飛了出去！

這些個家將都是草叢裡的好手，盼著杜家豐厚的供奉，又豈敢不用力，見首腦著了道，三五個雜牌捉了棍子刀劍就衝將過來，張久年為圖方便，只帶了一把短刀，架不住這人多勢眾，被逼到了院子中間來，仗著一柄短刀，且戰且退，卻是求出不得！

這番打鬥將房裡兩位老爺嚇了個不輕，李綱和那杜楚客都不是後生的歲數，後者雖有些拳腳傍身，然到底長了年歲，腰身生硬，不敢妄為，只與李綱開了道門縫兒，吩咐一干家將往死裡招待張久年！

時值半夜，府中除了守靈的小媳婦兀自哭哭啼啼，也沒得其他聲響，聽得這廂動靜，府裡的奴僕下人都操起各樣器械，奔相走告著喊賊抓賊，整座府邸都鬧翻了天地。

「這番莫不得折在了這一處！且看時機，若是不濟，就了斷這條賤命，不消麻煩了主公！」

張久年是個忠勇漢子，見這杜府人多勢大，自己孤力難為，心頭暗自咬牙下了鐵心，若被抓住了，少不得私刑濫大，怕自己熬不過，頓時心生了死志，免得殃及徐真。

卻說徐真在府邸另一頭，正搜索著杜歡的房間，聽門外腳步聲雜亂，人聲呼喊高高低低，也不敢大意，出來看時，卻見得僕從如魚如流往東廂彙聚，知曉是張久年露了身形，正想著要過去支援則個。

他在房間之中蹲了片刻，待得僕人家將都跑了過去，這才輕手輕腳開了門，不曾想剛剛開門，卻聽得背後一聲驚呼：「哪裡的內賊，也敢偷主人家的東西！」

原來那人直以為徐真是小偷小摸的家裡僕人，可徐真卻將這把聲音聽得真切，這不正是白日裡坑害凱薩的趙庸嗎？

真真是冤家路也窄，這趙庸白日裡好生羞辱了徐真一番，正打算來杜楚客這邊邀功，奈何杜老爺在書房接見要緊貴客，他也就到了這西廂房茶樓裡小坐，沒想到東廂招了賊，這趙庸擔憂杜老爺安危，也跟著跑過去，奈何身子骨軟弱，肥腹短腿，被一干僕人落在了後面。

心裡正急切，沒想到還遇到個趁火打劫的家裡短手小賊子，當即大喝了一聲，待得那人回頭，卻見對方緊身皂色夜行衣，黑紗蒙了面，堂堂七尺頎長身架，肩寬手長，如那成年獵豹一般的好身段，果是練武的好手，這趙庸心裡也是怯了七分，兀自懊悔自己沒個思想，這下是闖了禍事，連忙就要呼救！

徐真本不想理會這官兒，奈何被發現了蹤跡，若聲張起來，卻是個麻煩，想起凱薩所受委屈，心頭頓時火氣，三四步並做一步，如風般疾行而來，未等那趙庸出聲，已經捏住了對方脖頸，那老小子如被掐了脖子的公鴨，手腳沒分寸的亂抓亂撓，章法全無，軟綿柔弱，被徐真一記手刀擊暈在地！

快速摸索了一番，這趙庸身上也沒什麼有用的要緊物事，徐真又關切張久年安危，遂將趙庸丟入死鬼杜歡的房中，往東廂方向疾奔。

走到半路卻思索起來，如此多家將彙聚過去，說不得張久年已經被圍困起來，自己單槍匹馬殺過去，又豈能逆轉局面，若張久年被抓，事情敗露，漫說是凱薩，就是他徐真自己也要搭進去，還連累了張久年！

如此一想，徐真也是狠下心來，這杜楚客也不是甚麼好東西，並不是那無辜之人，他心裡也就沒多少傷及無辜良善的負擔，卻是尋了一處無用的房間，打破了燈籠放起大火來！

「火起！火起也！」徐真一邊點了火，一邊四處幾乎，與摩崖修練的夜間隱匿潛行身法施展開來，如一道陰影一般在府邸之中游走，貼牆攀頂附棟樑，無所不精專，卻是無人見得他身形真容！

那邊張久年兀自苦苦支撐著，好在杜府之中人數雖多，卻也忌憚張久年這等戰場上廝殺的百戰悍卒，一時還近不得身，那杜楚客與李綱又想摸著老藤順出瓜來，吩咐不可傷害性命，鐵心只要生擒活拿。

正糾纏不清的時候，卻見得西廂方向火龍沖天，家人四處尖叫，整座府邸的人都騷動起來，紛紛汲水來救火，眼見火勢甚急，杜楚客也當機立斷，撥了一半人去救火，剩下一半則尋得捕網絆索，一湧而上，將張久年當狼虎一般罩在了網中！

「此事成了！」

杜楚客見此，心頭大喜，正待看看張久年的面目，那房頂上卻猝然射來一支鏢刀，正中杜楚客腳背，洞穿而過，差點沒將他釘在地面上！

「哎喲！有刺客！」

杜楚客嚎叫了一聲，那些個家將連忙湧了上來，用身子擋住杜楚客，沒了命把他抬起往房裡搬。

李綱的手腳也不甚俐落，正緊隨杜楚客的身後，緊張著要看看那賊子的面容，沒想到對方居然還有同謀，發了暗器來傷人，慌忙躲到旁邊的廊柱後面。

這一躲不打緊，想回房卻又難了，那些個家將爭先搶後搬動自家老爺，哪裡顧得上李綱，這老傢伙在週邊呵斥著，卻是尋不得路數，只能躲回廊柱。

家將們還未入房，又有三兩支飛刀倏然激射過來，打倒了三名週邊的家將，可謂神準無比！

張久年知曉徐真來援，趁機割開了捕網，得了自由身，本想趁亂逃走，卻見得李綱兀自躲在廊柱陰影裡面打著抖！

「這卻是來得好！」

張久年上岸鯉魚一般從地上彈跳起來，借著徐真飛刀之威，趁著一團混亂的好時機，竄到走廊裡來，一柄短刀揮舞起來，嚇得那李綱雙腿酸軟，兩眼發白，驚叫一聲，竟然癱軟在地上了！

他懷裡還有一封密書未來得及交付給杜楚客，卻是被張久年給搜了出來，收拾妥當之後，踏踏踏三四步疾奔，蹬上牆頭去，翻身如鵲落，沒片刻就消失於夜色之中。

徐真見張久年脫了困，也收了手，從房頂跳了下去，尋得小路入了坊間，不多時就離開了杜府的範圍，只挑偏僻路徑逃走了事。

張久年到底不如周滄的身手，又遭遇多人圍困毆打，身上背負諸多傷勢，回府之後，徐真連忙讓摩崖來救治。

卻說這張久年畢竟是謀臣，心思活絡，想著徐真飛刀雖然救了急，可大唐軍中極少有人善使飛刀，而徐真的飛刀又是特製的，很容易就會被辨認出來，到時候杜楚客一樣能夠知曉徐真的身份！

聽了張久年的擔憂，徐真也是狡黠一笑，拍了拍後者肩頭，讓他好生養傷，不必擔憂飛刀的事情。

這徐真也不是無謀之人，明知要探查那龍潭虎穴，又怎能不多做籌備，早早就將飛刀換成了低劣的貨色，但凡有點手藝的粗淺匠人都能夠打造出來，卻是無跡可尋的東西。

張久年安心下來，將那李綱的密信取了出來，交付給徐真，徐真當即展開來，看了清楚之後，心裡也是大吃一驚！

史料記載李承乾多有叛逆，甚至要刺殺自己的老師，徐真看了信之後也是憤然大怒，這李綱也真是個該殺之人！

那密信對李承乾多有詆毀謾罵，更將李承乾喻為後蜀那扶不起的阿斗，竟是要攛掇魏王李泰趁機奪勢，且心中透露，年宴之上，說不得有大事發生，讓魏王多做準備！

這年宴註定不平安，徐真心裡早有所料，然從李綱密信之中看到，感受卻有截然不同，變得越發真實確切起來！

此時夜色已深，宮門早已關閉，徐真心繫凱薩，卻是等待不得，又換了翊衛郎將的衣裝，揣了密信入懷，徑直到了治書侍御史趙恭存的府上。

這朝廷百官之中，多有無眼之人，總覺晉王李治膽怯懦弱，既無太子李承乾的決斷，有無魏王李泰的才華絕倫，來去只有一個孝字能夠做點文章手段，然而孝順就足夠當皇帝了？

若非長孫無忌、李勣（徐世勣）等一干老臣多有維護，晉王李治根本就得不到朝廷足夠的重視。

然徐真卻明白知曉著未來，這李治雖中庸，最後卻得了帝位，甚至還締造了開元盛世這等繁華，到了這等時候，既然李治主動示好，那徐真也只有從龍而謀，這封密信若到了李承乾手中，李綱必保不住性命，而李承乾的太子之位也就岌岌可危了！

如此一來，等不及漢王李元昌謀反，太子就要落馬，這完全偏離了史料所載，徐真又從中作了梗，到頭來都要算在他徐真身上，卻不知會攪動多大的後果來！

念及此處，密信決不能落到李承乾的手中，既然如此，也就只有找李治，用密信的價值，來交換籌碼，讓李治去打點，把凱薩給救出來！

第八十七章 奔走無用凱薩受刑

人生在世能幾時，誰不想春風得意馬蹄疾，徐真在現世就是那萬人景仰的大魔術師，受慣了崇拜與歆慕，到了這大唐，又豈能甘於平凡，蟄伏長安三年，就為了等著厚積薄發那一刻。

如今可謂一步登天，卻又受盡了官場的排擠，連心愛之人都要遭遇牽連，倒不如在沙場之上策馬廝殺，沸騰了熱血，快活了人生。

不過他也並非那自卑認命甘心墮落之人，你做了初一，爺兒們自當做個十五，人敬我一尺，我敬人一丈，人犯我一厘，我還他一里！

且說趙恭存聽說徐真深夜造訪，知曉事情利害，連忙披了衣裳出來迎接，二人入了書房，時間緊迫，徐真也不再寒暄廢話，將杜府之行說了一通，連同那放火的勾當都不曾隱瞞，因為他知道，只要這密信到得李治手中，自己斷然能夠得到庇護。

果不其然，這趙恭存也是個深諳官場規則的老人，聽說徐真夜闖杜府，眉頭頓時皺了起來，似有些責怪徐真太過魯莽，可看了那密信之後，卻雙眸發亮，恨不得徐真再去闖他個十次八次！

這位獨臂侍御史慌忙換了衣服，帶著徐真趕往晉王府，這李治並未就藩，卻礙於體制，不便在宮中停留，故而開闢了一座王府，距離皇宮不算遙遠，以方便其早晚入宮請安伺候。

沒了宮禁的束縛，趙恭存命人備了軟轎，很快就帶著徐真來到了晉王李治的府上。

王府規矩繁複，門禁森嚴，好在趙恭存也是王府的常客熟人，又是李治的侍讀老師，府上家將也不敢阻攔，連忙通報府內，片刻就放了行。

這李治也長了一具風流好皮囊，府中嬌美女婢多如夏花冬梅，但他卻保護名聲，生活頗為節制，在女色這方面，頗得人心聲譽，然徐真卻知曉，若按照史料記載，此時的李治也該跟那位最出名的武才人相識，或許心裡已經容不下其他庸脂俗粉了。

李治對趙恭存這位老師頗為敬重，也來不及整容，就到了書房來見面，見到徐真也不意外，淺淺寒暄一番，也就進入了正題。

他來來去去將那密信默念了好幾次，這才將密信放在案几之上，手指微微顫抖著，那薄薄的洛陽紙彷彿金銀一般貴重。

「哥哥們倒是誤入歧途也……何必如此這般焦躁，這等作為，是要將父親置於何處？」雖然心頭暗自震撼不斷，然李治口頭卻輕嘆惋惜，似是極不情願看到兄長們如此暗自相殘相害。

按照李綱那密信上所言，漢王李元昌果真有所動作，只是具體事宜卻一筆帶過，然大家都心知肚明，最佳時機莫過於賀歲年宴，彼時普天同慶，聖人宴百官於太液池，皇宮內緊外鬆，最是便宜。

可畢竟不知其具體謀策，若單憑這一紙密信，告到聖人那裡，就算最後查清楚真假，向來疼愛家屬的聖人，也未必會有大作為，若由著他們鬧大了去，又怕傷了聖人龍體，驚擾了聖駕。

帝皇之家向來無真情，然聖人乃千古一帝，少有的看重家人，如此就不得不從長計議了。

不過這些都是李治需要自己去謀劃的事情，徐真既然能夠將這封密信交給他，也就算得表了態度，今後就歸了晉王李治這廂陣營，既是自家人，又獻上如此緊要的物證，加上前番又保護了晉陽安然回朝，偌大的情誼就這麼擺在檯面上，李治又豈會知恩不報？

「徐哥哥儘管放心回去，凱薩嫂嫂的事情，我會極力去挽回，哥哥莫要再操心，也不要再以身涉險，畢竟我大唐講究禮法，真個兒落了把柄，就算我再調動關節，卻也難以迴旋了。」

李治心思玲瓏，又與晉陽親近，這小丫頭對凱薩心存滿滿醋意，卻整日將這異族美人掛在嘴邊，李治當然知曉凱薩與徐真的親密關係，此番開口叫了嫂嫂，也就表了個心意，對徐真與凱薩之間的姻緣，他也是支持的了。

或是想著自己與宮中那位的艱苦癡戀，這李治竟異常羨慕徐真與凱薩之間的真情，這等跨越了年紀的愛戀，不正與自己心中那說不得的癡纏有著異曲同工之奧妙嗎？

送走了徐真之後，李治就跟趙恭存商議著如何才能將這一紙密信的價值發揮到最大，直到了破曉時分，趙恭存才離了晉王府，到刑部員外郎賀蘭白石處打點凱薩的事情。

這賀蘭白石乃賀蘭楚石的胞弟，而賀蘭楚石卻是侯君集的女婿，都是太子李承乾那邊的人手，李承乾雖心有叛逆，卻仍愛惜手足，無論對吳王李恪、還是魏王李泰、亦或者晉王李治，都有著極深的兄弟情誼，然侯君集卻是梟雄一尊，心比天高，又怎會顧及這些婆婆媽媽的情誼牽絆。

在他的調教之下，連帶賀蘭楚石等人，無一不變得心狠手辣，所作所為，無不想要一步步將李承乾往前面推，不斷地推，一直推到最巔峰為止！

這賀蘭白石昨日見趙恭存帶著徐真入衙門牢裡看望凱薩，就知道晉王李治也想要拉攏徐真，如今一大早，趙恭存又來了，這給了賀蘭白石不太祥和的預感，想著那徐真莫非已然投靠了晉王府？

當初侯君集囑託高甄生等人坑誣李靖，順勢將徐真除去，最好連晉陽公主都抹殺在塞外，豈知這些無腦的貨色，卻辦事不牢靠，讓徐真帶著李明達回了長安。

若非張亮用那張李氏擺了徐真一道，當初綁架李明達的案子翻出來，牽扯開的話，多少人要落入法網之中！

且不知聖人對這一切已然心中有數，所謂天心難測，當如是也，只是不知這聖人何時清算，如何清算罷了。

這也是諸多勢力何以加快了陰陽謀算的腳步，一個個都蠢蠢欲動，將那幾個皇子當成木偶傀儡來操作的原因了。

若徐真未投靠李治，他賀蘭白石不介意做一場善意送與徐真，可如今趙恭存急功近利到這般程度，想來徐真已經認了主，既認了李治為主，那就成了敵對，反而沒有了施恩的必要，說不得要趁早打擊一番！

趙恭存也是心裡淒涼，他本是個耍弄拳腳的人，不過從來不缺思辨與智謀，如今丟了刀劍，捧起了書籍，自然懂得思考。

想那陳國公侯君集，原本也是個不學無術的混子出身，封了開國功臣之後，臣子們常常笑話他胸無點墨，於是乎他開始苦讀經典，學成之後，居然參加了官吏提拔評選，親自制定科考題目，成為一時之美談佳話。

趙恭存雖不敢與侯君集相比，但自詡有著七八分智謀，見得賀蘭白石臉色，就已經醒悟過來，自己這一趟可是失算了！

好說歹說，賀蘭白石只推辭國法嚴明云云，將趙恭存的話都給堵了回去，後者只有悻悻回了晉王府，與李治如此說了結局。

那李治雖然為人懦弱，但好歹是個王爺，這小小刑部員外郎，居然不賣自己面子，這是仗了誰人之勢？

思來想去，越發不遂心，雖對太子並無怨言，但卻是恨透了太子身邊這些近臣和擁躉，正是因為這些人，才使得他堂堂皇子王爺，居然連徐真的一個女婢都救不了！

他這邊憤憤不滿，徐真那邊卻是期期艾艾，一大早收拾了精神，就到萬年縣衙來，打算將凱薩接回去。

可他沒想到的是，那許諾為凱薩奔走的晉王李治並未取得成果，賀蘭白石與黑著眼圈的趙庸按時開了堂，得了刑部的批復文書，讓手下一干衙役將凱薩押了上來，竟是拔了簽丟地上，作勢就要打！

好在大理寺少卿劉樹藝據理力爭，才保住了最後的底限，這幫人也未做得太絕，這才沒有將凱薩給剝光了打。

雖說凱薩自小練就一身刺殺好手段，少時更是吃了不少皮肉之苦，一路以來又徘徊生死，身子硬朗，根本就不將這六十板子放在眼裡，可畢竟是女兒之身，傷了身子，更是羞辱了人格！

且不說凱薩是為了保全徐真的顏面才甘心就擒，單說徐真心頭滴血不停，本以為能夠將人好端端接回去，好生撫慰一番。

沒想到卻落了此等下場，自己眼睜睜看著心愛的女人，被這些敵對的人冷笑著，一板子一板子結結實實地打著，每一下都似乎打在了徐真的心頭，心如刀絞，莫過於此！

悲憤交加的徐真並未暴起傷人，更沒有出言怒罵，他只是濕潤著眼眶，蹲在邊上，與凱薩四目相對，用自己眼中的深情，轉移著凱薩的注意力，安撫著她身上的痛楚。

劉樹藝和趙恭存心中多有愧疚，而趙庸卻是冷笑連連，得意洋洋，彷彿昨夜被神秘賊子一頓打，今日一點兒都不疼了。

反倒是賀蘭白石沉默了下來，他看著徐真那安靜得嚇人的背影，似乎看到了一座引而不發的巨大火山，在慢慢積蓄著爆發的能量！

「此子斷不能留矣！」

這是賀蘭白石內心深處最為直觀的感受，他似乎看到了徐真內心的恐怖之處，今日打了凱薩這頓板子，算是徹底將徐真給惹惱了！

第八十八章 情動深處許之以心

所謂君子藏器於身，待時而動，說的是那有經濟匡時才能之人，大多隱於市野，等待宿命轉機，對於徐真而言，蟄伏三年，等來的是李明達這個轉機，本以為會借此攀附了一場富貴，卻捲入這朝堂爭鬥之中，然則凱薩何嘗不是他徐真的宿命轉機？

在現世之時，徐真何等女子不曾見得？遊戲半個人生，自認閱人無數，而與凱薩卻戲劇一般的遭遇，早已將凱薩當成自己最親愛之人，此番卻眼睜睜看著自家女人被杖打，心中又如何不似那刀割刃絞？

且說周滄等一十四紅甲弟兄也是喜出望外，跟著徐真來衙門迎接主母歸府，在外守候了許久時候，卻不見徐真出來，遂覺事有不妙，一干人等進了衙門之中，卻見得主母早已血染衣裳，後股說不定已經被打爛！

這等場景入目，漫說周滄，就是張久年都忍受不住，他們雖是當值之日，然都盡皆告假而來，身上帶刀，此時齊刷刷拔刀衝入衙內，就要斬殺了這些行刑之人！

「一幫狗殺才，何以污辱至此！」

這十四衛都是上過血沙戰場，梟首割鼻以記軍功之人，拔刀闖入，頓時殺氣瀰散，又都是些有品的尊貴翊衛，那些個不入流的行刑衙役哪裡承得住這股壓迫，嚇得差點丟了手中竹杖！

凱薩為人冰涼，實在不討諸多弟兄喜歡，然而她為徐真生死付出，諸人都看著眼裡，心中早已當她是徐真的死忠伴侶，見得徐真含淚相守，豈能坐視主母受辱！

「主公！這委屈人的半大官兒，咱不做了也罷，倒不如脫了這身，自有海闊天高，何苦受了這些個狗殺才的侮辱！」

周滄為人耿直任俠，大氣豪傑，堂堂九尺軀，仗劍笑太虛，並非那官場小吏，而是百戰之猛將，如何見得自家主公委屈到這般田地！

賀蘭白石早已下定了決心，既已與徐真徹底反了目，自然是羞辱到底，將徐真好好震懾一番，正待出言鎮壓，沒想到趙庸已經拍案而起！

「好一口主公！爾等欲反耶！」

周滄早看不慣趙庸此等嘴臉，那豹頭環眼一睜，鬚髮倒張，就要上去將這官兒給打將下來，卻被徐真一聲喝住。

「周滄！停了手，一邊候著！」

徐真面容清冷，雙目之中卻全是不容置喙，周滄從未見過徐真如此有威懾力的目光，當即與諸多弟兄收了刀，冷靜下來。

充滿歉意地朝凱薩笑了笑，徐真緩緩起身，如肩頭壓了千斤重擔一般，又似整個人瞬間滄桑了許多。

他微微轉過頭來，目光停留在趙庸的身上，後者心頭一緊，沒來由打了個冷顫，直到徐真將目光轉移到了賀蘭白石的身上，他才侷促不安地坐下，卻是再也不敢挑釁周滄等人。

賀蘭白石擔任刑部員外郎也不是一日兩日，正四品的官兒，可謂官威不小，平日裡接觸的也都是個頂尖的大人物，徐真這等沒底蘊的小人，一步登天成了中郎將之後，該是沒多少尊威，然而他沒想過，現今徐真盯著他的目光之中，居然透著一股如山的壓迫感，讓他覺得自己面對的並非四品下的中郎將，而是二三品的大將軍！

趙恭存與劉樹藝見狀，亦是心中暗驚，這徐真的成長速度實在太過駭人，回朝這才多少時日，居然養出了這麼一股尊威來，若假以時日，必是一番縱橫捭闔的大氣象！

「手底下的人不知規矩，還望諸位見諒，我天國自有法度，既判決分明，自當承受，徐真不敢干擾公正，但若有人刻意拿捏，卻也莫怪徐真睚眥必報！」

徐真說完這番，也不再看那公堂之上，背了身子，走回到凱薩處，那些個衙役戰戰兢兢，卻不知所措。

趙庸幾次三番翕動了嘴皮子，卻發覺自己再也沒膽子開口，倒是賀蘭楚石鎮靜了下來，揮了揮手，那些個衙役才繼續將板子打完，只是再也不敢用盡全力，終究是走了個過場。

板子打完，徐真也沒什麼言語，朝劉樹藝和趙恭存行了個囫圇禮貌，橫抱起凱薩，一步步走出衙門，周滄幾個連忙備了軟轎，將主母接回府邸不提。

這似乎是徐真第一次抱著凱薩，後者雖然身子痛楚，卻兀自忍著，這等皮外傷，她還不放在眼中，倒是一路走出衙門，仰頭看時，徐真早已無聲落了淚。

凱薩笑了笑，故作責怪道：「男兒大丈夫，怎地如此女兒之態！」

徐真看著懷中姐兒，心中多有愧疚，這凱薩本是冰冷女豪傑，若與自己沒有那層瓜葛，就算大殺四方，也不至於落了官方手中，哪怕身陷囹圄，仍舊顧忌著徐真的聲譽與官途，這是何苦來哉。

「姐兒，徐真也曾想過，待我名滿華夏，該許你當歌縱馬，怕是已無相安年華；待我半生戎馬，許你共話桑麻，怕青梅為婦已嫁；待我功成名達，懷中人怕早已嫁了富貴家，虛耗了光陰，辜負了年華，不若待我高頭大馬，許你嫁衣紅霞？」

凱薩雖通唐語，然過得許久才回味過來，徐真弟弟這是在向姐兒求親是也！

她快三十歲了，拚搏了女兒家大半美好年華，終於等來了徐真這冤家，雖一路坎坷，當終究心有了歸屬，二人有無親屬相掛，早已私定了終身，沒想到在如此突兀的情勢之下，徐真卻說出了這等情話。

她也曾暗自憧憬，或許一輩子就只能當了徐真的女婢，一生終了也無名無分，不敢奢望徐真能將自己當了正妻主人，沒想到徐真卻早已將她當成了唯一。

心頭的暖意驅散了痛楚，融化了宿命中多年積攢下來的冰冷，讓她再次看到這人世間的繁華，她仰著頭，淚水從眼角滑落而下，與徐真四目相對，深情凝視，而後動情地回應道：「待你高頭大馬，我自從夫而嫁！」

徐真聞言，心頭觸動，俯下頭臉，深情一吻定了終生，二人淚雨融化，外頭寒冬，心裡初夏。

回了府邸，凱薩自是安息調養，徐真驅散了女婢，親自敷藥療傷，好生照料，調理好凱薩傷勢，待後者安然睡下，他才到了偏院之中，安撫周滄等一干弟兄。

他是感激周滄的，從最初的不打不相識，到如今的性命相依，周滄等人與自己那是換命的交情了。

今日所受屈辱，是個爺兒們都不敢忘記了洗刷，但冤有頭債有主，趙庸幾個不過是爪牙，真正想對徐真下黑手的人，卻是上層博弈的那些首腦。

周滄等人見徐真面色冷峻，知曉自家主公心有不甘，必有一番大作為，頓時聚攏了過來。

待諸位弟兄坐定之後，徐真才開口計算道：「過得幾日就是賀歲朝宴，必是犯事作亂之時，今次我卻要做一件大事，雪了今日恥辱，要讓他人再不敢小覷我徐真，還望諸位弟兄死命相助！」

見徐真鄭重拱手，諸多兄弟熱血沸騰，到了這禁宮當差之後，整日雖是威武，卻沒個舞刀弄槍的時候，手底下早已酥癢難耐，今番聽了徐真這話，頓時情懷激蕩，齊聲應道：

「敢不赴死！」

徐真聞言大喜，又是分析道：「今日之事，看似有人要害我於不利，實則只是陰謀針對，將我當了那擺弄棋子，若不想被人戲耍，咱就需有自家本事，久年兄，且將我等所見所知，道盡各位兄弟，好教大夥心裡有底氣。」

張久年遂將杜家打探得的情報都說了出來，漢王李元昌必定會趁機造反，雖不知具體如何，卻篤定了時日。

其時徐真為翊一府中郎將，手下左右郎將一人，兵曹參軍事一人，校尉五人，每校尉有旅帥二人，每旅帥有隊正二十人，副隊正二十人，總計翊衛近二千人。

周滄等一十四人盡皆支撐了骨幹，弟兄們雖出身不良，然都是沙場死戰的正宗軍士，很快就將這些個勳貴之後的翊衛給鎮壓下來，每每說起沙場大戰之經歷，都令得一干手下崇拜羨慕不已。

這二千翊衛，雖不如當如勇武營和胤宗高賀術的隊伍聽講好用，但在這皇城之中，也懂得輕重分寸，又得了周滄等人日日操練，乃徐真本次計畫的基礎力量。

右武侯大將軍尉遲敬德親自安排此次的皇城防禦，將左右監門衛安置在了承天門，而徐真的翊一府衛則負責監護入宮要道景風門，親衛和勳位、千牛衛等則負責太液池附近的安保，一切算是井然有序。

然而徐真卻極為敏銳的看出了一處問題所在，那就是東宮左內率府的郎將紇干承基，帶著自家太子親衛，加入到了左監門衛的佇列之中，共同擔負承天門的防禦！

這紇干承基武德年間一直在突厥邊境作戰，李承乾能夠搭上突厥人，多半是此人之功勞，而漢王李元昌既然要造反，太子斷無不知情的道理，很難說這紇干承基不會從中當了那開門帶路的內賊！

唐書上曾有記載，這紇干承基因告發太子造反而立功，被太宗皇帝授予折衝都尉和縣公的榮耀，可如今距離賀歲朝宴不過數日，太子又推遲了造反，反而是漢王李元昌蠢蠢欲動，這紇干承基也沒有任何告密的跡象！

徐真雖粗通史料，卻也不能將整個新舊唐書都給背誦下來。再者，史料與史實必然有著出入，徐真對這個紇干承基也沒多少瞭解。

不過既然知曉了對方有疑，徐真自然不會放過，與張久年等一干兄弟商議妥當之後，說不得要到紇干承基處打探一番，騙他一些言語。

第八十九章 無雙上門教坊挑人

且說徐真自有前瞻，早知賀歲之日會有反事，當下隱秘佈局不提，而晉王李治得了那密信，心中也是憂慮，與趙恭存等一干謀臣密議了數次，終究沒個定論，不免心有戚戚。

這日徐真又找到了將作大匠閻立德，還有太常博士李淳風，三人於書房之中飲酒，此二人難得徐真相邀，也不顧身份來了神勇爵府。

當初徐真用石英砂熬煮精煉，又用水銀之屬來製造銀鏡，獻與當今聖主，得了歡心，閻立德又將配方奪了去，命手下工匠一番改進，如今銀鏡早已流入市場，深得民眾歡心。

這大唐民風開放，人人愛美，銅鏡更是普及，徐真這銀鏡一上市，頓時遭遇瘋搶，可謂風靡一時，連聖上都知曉民情，且宮中所用幾乎全是精緻銀鏡，早知是徐真創意，找了閻立德來問，說不得又是大功一件。

閻立德也不貪功，與聖上分說明細，將徐真過往奇思妙想都抖了出來，連聖上都不由驚嘆，徐真乃奇人異士也！

如今受了徐真的邀請，閻立德自是喜樂而來，還帶了三四個僕從，送了一大車的好禮，徐真也卻之不恭受之無愧。

酒過三巡之後，徐真開始講究正事，閻立德乃將作大匠，最近與將作少匠李德騫一同謀劃，著工部改造太液池周邊景致，以備賀歲百官宴所用，李淳風兼顧宮中龍脈，何處動得何處動不得，皆需經過李淳風這位太常博士的指點，二人乃此次改造的主要負責人。

徐真取出早已設計好的圖紙來，讓閻立德二人先細看一遍，其主旨是想在太液池邊建造一座假山。

這假山卻有些古怪，方正如牆，後置水車，汲水至頂，從牆面上灌下來，自然形成一方水幕，若單是水幕，卻未有出奇之處，只是後面多有銀鏡，折射了光彩之後，水幕自會獻出奇妙光景來！

如此構思，又將閻立德和李淳風二人狠狠震撼了一番。

據徐真所講解，此物名為影像，又有石英熬煮凝固所得，名為玻璃，用細砂磨成兩面凸出的半球，名為凸鏡，相對又有凹鏡，據徐真解釋，乃收放光影所用。

徐真擔心二人無法領悟，又細細解釋了一番，更是取出自己磨製的凸鏡來展示，閻立德和李淳風透過凸鏡，見得紙上字跡頓時變得斗大，不由驚呼連連！

雖說外頭陰暗了一些，然徐真將凸鏡至於天光之下，前後移動找了焦點，那光居然彙聚起來，刺目奪人！

如此神奇之物，頓時將李淳風和閻立德再次鎮住，心急火燎趕回工部，運使數百工匠，依照徐真圖紙的佈置，開始細心製作與籌畫開來！

了卻了這一樁，徐真心裡算是安定了一半，正打算去找紇干承基套取些許情報，沒想到府上卻來了一個意想不到的人兒，居然是那李道宗的女兒，李無雙！

這位李無雙乃李明達的宗親閨蜜，也算是個文武雙全的美娘子，年華正茂，過了年就十六，婷婷動人。

凱薩落獄之後，李明達不便行事，曾托了李無雙的人手去照看凱薩，這小丫頭也不是狠心之人，派了府上幾個老嬤嬤到牢裡去照看凱薩，牢獄的人見了是李道宗家的人，也不敢為難，算是伺候過凱薩，故而徐真也承了這份情。

見得李無雙上府，徐真心裡也有些疑惑，當即迎了出去，這小丫頭也不擺架子，似乎對徐真態度有所改觀，也不知打些什麼主意。

這李無雙也不跟徐真見外，開門見山就說道：「你可知道我家大人乃禮部尚書，為了這太液池的朝宴，早早讓教坊排演了歌舞，不過最近他不方便出門，就讓我到教坊去挑選，我……我倒不太懂這一行當……聽兕兒說你懂，就來尋你一同去……」

徐真見得她說得如此理所當然，也是一臉無奈，他雖然是翊衛中郎將，但每日都要當班，也不是說空閒就能空閒下來的。

且不說他最近籌謀大事，單說這李無雙從未正眼瞧過徐真，就讓徐真頗為不悅，又何必與她一同去做事。

唐初的教坊乃高祖所立，其時並未分內外，乃宮廷所用，專門教導宮中，不似後世那般不堪，其中都是清高秀麗的樂舞美人，雖樂籍低賤，但社會地位卻是不低。一些官家弟子和王公貴族，倒是私下多招募教坊中人，以養了教坊清倌兒為傲，已然現了教坊混亂的苗頭，畢竟教坊之中多有官奴，卻是抵擋不了那些權貴的侵犯。

相對而言，此時的教坊其實還是極為清淨的地方，但徐真卻是沒有獵美之心，又心繫他事，遂婉拒了李無雙。

「郡主，不是徐真清高，實在是公務纏身，若郡主不便，不如徐真叫幾個懂樂理的陪著過去？」

徐真這話所得委婉，但到了李無雙這廂卻是倨傲了三分，這丫頭本就對徐真不太喜歡，見著徐真還戴著李明達的鐵扳指，就更加火大，心思著聖上也召見了徐真這廝，怎地就沒把這鐵扳指給收了回去，當即嗔怒道：「你這野人，怎地當了官兒就不認人了！想當初你未發跡，本郡主都不曾嫌棄你，如今教你辦事卻推三阻四的姿態！」

「當初那般還不叫嫌棄啊？」徐真腹誹，小聲嘀咕了一句，沒想到李無雙也是個順風的耳朵，聽了進去，頓時扠腰瞪了徐真，後者也是訕訕一笑，怕再招惹這小丫頭，一整天不得清淨，當下就妥協了。

「成了成了，咱不是那不知報恩的人，既然郡主都開了尊口，咱也不敢不識抬舉，這就作陪到那教坊走上一遭！」

李無雙這才霽了表情，換了個笑臉，趾高氣揚就帶著徐真離了府邸，從徐真府邸所在的務本坊出發，途徑崇仁、永興、永昌、三坊，到了大明宮前，過丹鳳門而不入，徑直進了光宅坊，那教坊就在光宅裡面。

這教坊內也並非都是良人，多有官奴之屬，為求出身，多有附屬高官之人，故而名聲越發不良。

其中女子也有個三、六、九等之分，以相貌、技藝評定個高低上下，上頭一等稱「內人」，下者為「宮人」，即為所謂之「賤隸」。

「內人」入住宜春院，因常在上前頭，故稱「前頭人」，其家仍在教坊，坊內人則稱其為「內人家」。

「內人」四季有米，生日之時，允許其母、其姑、其姊妹等女眷屬皆可來探查，且可佩飾魚袋[11]。

李無雙雖鍾情武藝，然畢竟出身嬌貴，詩書禮儀無一不通，讓徐真來作陪，不過是避個嫌疑，且看重徐真在聲色方面的眼光目力。

這宜春院中的女兒們早就得了禮部的指令，見得尚書之女協同大內侍衛前來，慌忙招待入內，一干紅粉春麗美娘子魚貫而出，排列有序，高低竟無太多差異，個個身姿婀娜，豐腴的可人，清瘦的楚楚，描紅貼黃，雖天氣冷凍，卻短裝打扮，胸前更是呼之欲出，讓人口乾舌燥，渾身滾燙。

李無雙畢竟是女流，又常常做男裝風流，見得這一群環肥燕瘦，心中難免有個比較，暗自掃了自己胸前一眼，不可察覺地輕嘆了一聲。

徐真無意察覺到這小丫頭的舉動，心中忍俊不禁，本以為這李無雙也只是個張揚跋扈的郡主，沒想到還有如此可愛的一面。

那頭人依次介紹了一些個紅牌麗人，又詳細講訴了諸多演練的曲目，教坊宮人只許演奏《伊州》、《五天》兩曲，不得離此兩曲，餘者皆讓內人。若演奏《春鶯囀》、《蘭陵王》、《烏夜啼》，謂之「軟舞」；若演奏《大渭州》之屬，則謂之「健舞」。

徐真對唐朝聲樂舞蹈也是一知半解，但鑒賞能力卻還是有的，畢竟魔術也是舞臺藝術，為求做到極致，徐真練過現代舞、甚至於民族舞和芭蕾都有涉獵，為了應酬，各種交際舞更是拿手好戲，華爾滋、倫巴、恰恰、探戈，甚至於森巴等都耍得有模有樣。

或許他對大唐曲目不熟悉，但對身段要求和動作難度，賞心悅目程度等，多少有著一個心底標準，在長安三年，他也見過很多「戲日」的演出，故而對唐人的偏好喜愛也是有所體悟的。

註

11 魚袋是唐代官員的佩飾，並且按照其官員品級來定魚袋的規格，如一、二、三品皆可以佩飾金魚袋，餘者皆只可以佩戴銀飾魚袋。盛唐教坊之中既然可以給「內人」佩飾魚袋，可見其對其重視程度。

頭人也不敢多耽擱兩位貴人的時辰，忙著招呼樂工伴奏，諸多宮人內人紛紛上場，按照曲目來表演，以供兩位貴人挑選。

若選上了，到了那賀歲朝宴上舞一曲，說不得就能攀上枝頭，哪個敢不盡心盡力？這廂美女如雲的舞蹈，李無雙認真以對，卻看不出個高低分別，只看著諸多美人的臉蛋和胸脯，倒跟一般浪子無二。

徐真卻上心了許多，從技藝層面來考究，確實發現了幾個不錯的人選，不慌不忙讓那頭人記錄下來，引得那頭人也是頻頻心驚，心想著這徐真看起來年紀不大，又是武人裝扮，沒想到目力卻是毒辣。

到了一曲《大渭洲》，徐真卻眉頭皺了起來，因為他從那些個舞姬的動作上，看出一個問題來，這些美人不止懂舞，而且還懂武！

第九十章

真猴王遇六耳獼猴

卻說徐真計較著要尋那紇干承基套取些許口風，中途卻被李無雙橫插一足，沒奈何只能相陪著到了光宅教坊，挑選賀歲朝宴上的歌舞。

到了後頭，上來大概二十的舞姬，耍弄的都是大開大合的健舞，卻偏就讓徐真從身段姿態看出這些人都是身懷了武藝的。

尋常教坊樂戶舞姬，出身大多卑微，雖身份不算清白，都是些淪落為奴的官家娘子，但橫豎來歷明確，知門知戶，然則這二十舞姬卻身懷拳腳，不由得讓人起疑。

為免節外生枝，徐真自然不能將這些舞姬納入名單之中，可李無雙卻看不出個好歹來，耍弄慣了拳腳刀劍的她，見這些個舞姬動作剛強，身材健美，風行之間又不乏另類嬌媚，卻是屬了心意。

徐真也不能與之細說其中蹊蹺，爭辯了三五句，在旁小心伺候著的清倌卻出聲解圍調和，說這些人都是隨李元昌大王進京來朝的，暫時安頓在教坊之中，每日鍛練，要在賀歲朝宴上給當今聖主獻禮頌賀的！

李無雙經常出入宮禁，自小與皇家親近，與李明達情同姐妹，但心中最為崇尚的，卻是大哥哥李承乾，而這漢王李元昌年紀與太子殿下相仿，整日玩耍在一處，也沒個叔侄輩分的牽絆。

諸多皇子之中，吳王李恪與魏王李泰最賢，一文一武相得益彰，而在一干老輩分藩王之中，漢王李元昌卻是最為勇武的一個，堪稱騎射棍棒刀槍，無所不專，無所不能！

尚武的李無雙見了幾次之後，對漢王是崇拜到了極點，幼時多有親近，如今已將近十年，斷斷續續見不得幾次面，聽這清倌說是漢王的隊伍，心頭也歡喜，吩咐下去又多看了幾場舞。

徐真相爭不過，心頭鬱鬱，也不與這沒眼力的丫頭計較，告了個空，隨意在教坊走動走動，活絡手腳。

且說教坊之中多是女流，能遊走的去處並不多，徐真也不好仗勢壓迫，只在後院花園處透了透氣，時值寒冬，花草枯敗，也沒甚好看的景兒，正百無聊賴，卻見得一小廝急忙忙衝撞過來，見著徐真就如同見了救世菩薩一般，扯著徐真手袖就叫喊。

「天可憐見，終於見得善人！我家姑娘也不知驚了甚麼邪，口吐白沫兩眼發白，兀自不省事，小人不知如何是好，郎君快隨我去救急，晚了半步，我家姑娘卻是要不知生死矣！」

徐真聞言，心裡也是緊張，他跟著摩崖學經文，又與劉神威交好，自家也懂些微末醫術，知曉這姑娘必是發了癲症，連忙隨著小廝快步往內院走著。

這小廝倒也端正，五官小巧精緻，男生女相，惹人憐愛，年紀若長起來，說不得有潘安宋玉之風度，若說有個些許瑕疵，也就手背上有顆沙粒大的紅痣而已，眼下風急，牽著徐真就走，實不忍讓人拒之門外。

到了這內院，眼前光景又是變換，多是女兒閨房，透著隱秘旖旎，溫香四溢，由不得人不心猿意馬，徐真連忙停了下來，他也是個有名有姓的人，如今朝堂上多少眼睛盯著他，就盼著他行亂踏錯。

那小廝卻是一甩手，咬牙罵道：「救人於水火之時，郎君怎地這般踟躕，莫不是怕我教坊汙了你的名聲，也罷也罷，小人不敢玷污郎君清譽，自去尋找別個幫手！」

言畢就甩開徐真的手，氣憤憤要走，徐真本有遲疑，聽了這小廝的話兒，反覺得自己不磊落，羞愧得臉紅，趕忙跟了上來，一邊陪著不是，一邊走到了粉紅閨閣前面來。

那小廝來到門前，倉促地將徐真推了一把，急聲催道：「小人還要通知主母知曉，郎君快快進去救命，遲了就見生死也！」

徐真還待詳詢，那小廝倉惶離了去，三拐五轉就不見了人影，徐真心急人命，也不顧禮儀，只得硬了頭皮推門，沒想到這門栓子卻牢靠，徐真咬牙一腳，門戶喀拉拉大開，可哪裡見得什麼將死之人，只見得一個半老徐娘正在更衣換服，臃腫身子簡直不堪入目！

「糟糕！中了計！」

徐真與那老娘兒四目相對，後者頓時殺豬似也叫喚起來，卻不去遮掩身子，兀自撲上來撕扯捶打徐真，這老娘兒手爪尖利，徐真不敢動用功夫，好不容易才落荒逃了出來，臉上卻多了四五道爪印子，不知者皆以為他適才遭了豺狼，好不羞人！

這臉上血痕沒遮沒掩，徐真倒不怕煞了官威，好說歹說賠了幾多大錢，這才沒讓那老娘兒聲張出來，倒是一想起老娘兒那身段嘴臉，就反胃不已，頗不得力。

好在身上帶了些許止血的散劑，取了敷臉，略作整容，心裡知曉那小廝有心作弄，恨得咬牙切齒，就要回到正堂去，告之主管，揪了這頑皮的小廝出來懲治。

可走到半路小院，又來了個身材高瘦的老丈，想是這教坊的老執事了，步子顫抖，一臉怒容，花白長鬚吹得飛起，口中兀自喃喃罵道：「好個瞎眼的小混痞，敢衝撞官家老爺去了，看我不報了主人，討一身好打！」

所謂家醜不可外談，這老丈雖是有禮之人，路遇徐真，見後者威風凜凜，知是外來的官家郎君，不敢造次，行了一禮，沒敢多說甚麼，低了頭就要繼續去上告。

徐真卻將他的嘀咕聽了個真切，拉住這老丈，苦著臉說道：「老丈莫急躁，我就是那被害的苦命人，敢問那少年在何處？」

這老丈也是心頭驚駭，臉色一變，嘴角抽搐，頰上的蒼老斑都差點抖落下來，慌忙給那小廝求情道：「郎君切莫發威，那小子也是頑皮成性，心底卻是良善，給主人知曉，打了一頓也就作罷，若郎君聲張開來，他卻是不得善了！」

徐真本就沒想過要如何嚴懲這小廝，只覺那小子有趣得緊，有心結識罷了，聽了老丈求情，當即擺了擺手道：「老丈請寬心，某不是那作威作福的霸道人士，只覺得小朋友心性討巧，有心見個面，絕不敢害了他的生計。」

這老丈聽了徐真的話，到底還是有些不安心，但苦主就在眼前，沒奈何就帶著徐真往後院柴房走，途中還叨叨絮絮說那小廝的好，免得真個惹了徐真這個官兒。

徐真自是坦誠應和著，一路來到了柴房前面，這老丈拱手作揖道：「郎君與人為善，是個大好人，那小子頑皮，言語教導不成，打個三兩棍也行，少年人皮粗肉糙，也不甚打緊，煩請大駕入柴房，老人家我去打個茶水來伺候則個。」

這老丈說著就要轉身，徐真卻一把扣住他的手腕，嘿嘿一笑道：「老人家禮數端的是周到，不過還是請你先進柴房罷！」

話音未落，徐真反手一扭，將老丈的手骨兒扭到後背，也不等對方辯駁，一腳踹在老人屁股上，後者往前撲倒，撞開了柴房門，門上卻是骨碌碌一聲響，一個木盆嘩啦啦倒下髒臭不可聞的洗腳水來！

這老丈一個踉蹌，卻陡然換了個人兒似的，身子骨一挺，往旁邊側滑了一段，堪堪躲過那洗腳水，正要站穩，徐真卻從外面衝將進來，又扣住他的肩頭琵琶骨，那老丈反手一掌往上托打徐真下頷，徐真偏頭避過，左手卻是一把扯住了老丈的鬍鬚！

「果真又是你！還想騙你小爺爺第二次！」徐真冷笑道，早在初遇這老人，他就注意到這老人手背的紅痣，一路不過逢場作戲罷了，此番手上一用力，大把花白鬍鬚扯將下來，居然將那老丈的面皮一同給扯了下來！

那面皮也不知何物所製，薄如蟬翼，端得神奇，這大唐年間就有此奇物，當真讓人嘆為觀止！

更讓徐真驚駭的是，面皮扯將下來，露出那人本來面容，卻並非小廝的容貌，而是與徐真的鏡像一般，惟妙惟肖，真個兒如那失散多年的親血孿生兄弟！想來那小廝面容也不過是一張面皮所裝扮罷了！

徐真這一驚神，那小廝卻得了空當，一個膝蓋頂在徐真襠部，疼得徐真撒了手，那廝猛地要衝出柴房去，徐真又怎會讓他得逞，忍痛前撲，想要抓那人腰帶，卻落後了一步，將那廝的短絝給扯了下來，露出兩條雪白修長的腿兒來！

那廝也是急躁，臉皮一紅，反身一腳踢向徐真面門，徐真往旁邊一倒，卻抓住那廝腳腕子，用力一拖，將他拖倒在地，翻身將其壓在了身下！

慌亂之間，徐真只能雙手壓住那廝的胸脯，卻沒想到這廝胸脯柔軟一團，卻是女兒之身，可看她喉結淺淺，真真是雌雄莫辯了！

那廝臉色滾疼血紅，顯是受了徐真輕薄之羞辱，口中大罵無恥下流，卻是反手將徐真的雙手給絞住，二人滾作一團，沒個章法的亂打！

四對手腳如那蜘蛛抱團，又似雙蛇交纏，停了下來才發覺，兩人相互制服，身子沒個空隙地貼得天衣無縫，那廝想來真是個女兒，羞紅了臉就要大叫，徐真迫於無奈，又被激起了爭強鬥狠的心思，見她開口要呼喊，手腳沒得方便，遂一個嘴巴印了上去，結結實實將對方的嘴給堵上了！

二人四目相對，猶如親吻鏡中的自己一般，詭異到了極點，如那真猴王遇到了六耳獮猴一般難辨真偽！

徐真心思沒來由一滯，身下之人卻趁著徐真失神，以額相撞，將沒了防備的徐真撞得頭暈目眩，手腳一鬆，被那假徐真滑蛇一般掙脫，一腳踹中徐真心窩，再一腳將徐真踢暈了過去！

第九十一章

逢場作戲楚楚好女

且說徐真也不知被打昏了多久，悠悠醒來之後發覺身上官服早已被剝了個乾淨，心裡頓時慌張起來。

這刁鑽雌兒奇招百出，先裝扮小廝來作弄，又易容老丈來戲耍，說不得連類似徐真的容顏，也只不過是假面皮一張，如今得了徐真官服信物，指不定已經頂替徐真逃出了這教坊！

念及此處，徐真也不及思索此人來歷故事，從柴房出來，偷入到火房之中，抓了幾件伙夫粗糙衣裝套上，趕忙出了後院。

此時教坊一個個慌慌張張，四處奔走，也不知發生了什麼大事，徐真逢場作戲，裝作教坊伙夫，抓住一個老哥哥一問，才知曉教坊走脫了一個極為緊要的人物，再問詳細，那人卻是不肯多說。

徐真出了後院，發現李無雙已經離開，心思著必是那人頂替了自己，跟著李無雙逃了去！

這人也不知什麼來歷，被禁錮在教坊之中，引得全員驚動，必然不是簡單之輩，徐真心怕李無雙遭害，也不顧天寒地凍，赤著腳就追了出去！

且說李無雙這邊也覺得古怪，這徐真雖然下作，但對她李無雙從來都是循規蹈矩，今日卻藉口天氣冰涼，鑽入了李無雙的車裡！

李無雙雖說為人豪爽，但到底是個未出閣的少女，與徐真共乘一車，傳了出去可怎麼保得住名節！

正要開口拒絕，徐真這廝已經鑽入了車內，李無雙鼻子靈通，嗅聞到徐真身上居然有一股女兒家的幽香，心思著這徐真莫不是趁著空當，到教坊裡胡作非為了一番？

想到此處，李無雙頓時羞紅了臉來，她雖然口口聲聲罵徐真是色中豺狼，連李明達這等沒長成的花兒都要染指，可心裡卻篤定徐真不是那輕浮之人。

然今日徐真卻到教坊裡滾了一番，這脂粉味都未褪散，就要上自己的車，由不得她不心慌意亂。

也該是怕什麼來什麼，李無雙這廂兀自擔心著，徐真卻趁機往她身上摸了一把！

李無雙何曾被男子如此輕薄，一怒之下，將徐真打下了車去，正要追打，徐真卻嘿嘿一笑，扮了個鬼臉朝李無雙罵道：「不知情趣的婆娘，粗手粗腳，活該一輩子嫁不出去！」

女子多愛美，誰個願意被人說醜了，況且李無雙這等嬌貴的郡主，聽了徐真漫罵，氣不打一處來，抽了刀就要追，這徐真今日也是古怪，不與李無雙糾纏，反而鑽入了坊間躲避！

李無雙怒氣上頭，也不顧車夫勸阻，正要追進去，卻見得徐真又從道路後面追了上來，正要暴打，卻發現此徐真又與彼徐真截然不同，這後面來的徐真穿著伙夫粗布衣服，連鞋襪都沒有，狼狽到了極點！

「這到底是怎麼回事！」

李無雙如同白日見了鬼，心下駭怕得不行，如那呆子木樁一般佇立原處，直到徐真大聲喝問道：「那假人跑哪裡去了？」

徐真這麼一問，將李無雙給驚醒過來，連忙指了指坊牆邊上的一顆枯槐，徐真頓時會意，三步並作兩步，疾行變狂奔，踏踏踏上了槐樹枝頭，借著樹枝反彈，躍過坊溝，攀附到坊牆上，翻身落入了坊間。

此時接近傍晚，正值東西市熱鬧的時候，坊間人民都到西市去消遣了，十字街上行人寥寥，也沒人見著徐真翻牆。

徐真就像紅了眼的豹子，忍著雙腳的冰凍，四處搜尋著那假人的蹤跡，正毫無頭緒，卻見白雪地裡幾塊土黃色的斑點，拈起來一聞，不禁心頭狂喜，想是那假人不懂徐真服飾的開關，觸動了機簧，將那火藥粉給遺漏了出來！

有了這條蛛絲馬跡，徐真也就輕鬆起來，循著火藥斑點一路尋過來，眼前卻是一間老舊宅子，荒涼破敗，陰風呼呼，白日都能見鬼！

李無雙被那廝摸了一把要緊部位，心頭正憤怒，轉到坊門處才拐進來，見徐真在破宅子前踟躕，連忙走了過來。

「這長安城寸土寸金，怎地有這麼一處宅子無人光顧？」徐真雖然在長安呆了三年，但平日巡邏的區域也就東市附近，雖然有時也會被調動到西市這邊來幫助，但對城西的坊間佈置實在不太瞭解。

面對徐真的疑問，李無雙也是一臉的鄙夷，富貴子弟少樂趣，平日裡就喜歡道聽塗說一些新鮮事兒，眼前這處宅子，在子弟們眼中可是出了名的鬼宅！

「這是張蘊古一房妾室的宅子，案發之後，這妾室懸梁殉了主人，卻陰魂不散，每到深夜就隱約聽得鬼泣，周遭街坊提心吊膽，坊正還找了道人來驅邪，卻沒甚效果，後來聖人懊悔斬了張蘊古，也就命人不得動用這宅子，故而存留了下來……」

李無雙說到此處，不由縮了縮肩頭，似乎感覺周遭陰風陣陣，好不驚悚，四下裡張望了一番，連忙鑽回了車裡。

徐真雖非無神論者，但這種東西信則有，不信則無，如今追索甚急，也不顧流言飛語，咬牙推開了大宅門。

說來也奇怪，徐真這一進門，天色彷彿越是暗淡了下來，估計著是這府邸遮掩了天色所致，但到底還是讓人有些心驚膽跳。

這府邸頗為幽深，院落重重，瀰散著一股幽怨，冥冥之中還真似有女聲在低泣！

徐真衣裳單薄，天氣又冰涼，加上似有女鬼幽幽哭泣，心底發涼，腳步就發了虛，但那假女人都敢進來，他徐真又豈能膽怯，當即循著哭聲轉入了內院。

過得中間破敗的院子，一顆桃樹早已枯朽，對面一間靈堂黯淡幽深，破爛的挽聯白布隨風飄搖，隱約似有火光，哭泣之聲卻越發清晰！

徐真吞了口水，強作鎮定，無聲來到靈堂前，卻見得一個背影，正跪在靈堂上，燒著紙在哭，身上所穿，正是他徐真的官衣！

那人聽到徐真的動靜，也不逃走，扭過頭來，卻是一張梨花帶雨的美人臉兒，白皙得嚇人，楚楚可憐，讓人好不心酸。

徐真大概已經猜到了此女的身份，想必是那張蘊古的妾室後人，想著張久年和周滄等人都在自己麾下，不免生出親近之感。

還未等待徐真發問，那女子已經跪在了徐真的面前，大拜謝罪道：「還望恩公饒恕奴家，得罪了恩公，實乃無奈，還請恩公垂憐！」

徐真心頭也軟了下來，柔聲問道：「姑娘可是張家後人？可有姓名？」

女子抬頭應答道：「奴確實是張家遺脈，名為張素靈，我家大人被御史權萬紀陷害，母親以身殉節，僕役驅散，只留了奴家孤苦，被收到教坊為奴，思念家人，每每逃了出來，夜間便到這裡哭靈，這才保下了這大宅……」

徐真聽得可憐，心裡也難受，輕嘆一聲，在旁邊蹲了下來。

「那教坊也不是輕鬆之處，妳一個女兒家，如何能逃得出來？想必倚仗了這易容之術吧？卻不知何人所授？」

張素靈聽了徐真的疑問，暗自咬了咬牙，卻是搖頭道：「恩公相問，奴家不敢不答，但師長乃出世之人，暗自傳授了奴家技藝之後便隱了世，實不便透露真身……」

話已至此，徐真也不便追問他人師尊，倒是奇怪另一樁事：「妳又如何能預知我必定會到教坊？那假面必定提前製成，妳何時曾見過我容貌？」

張素靈既以真容相見，也不對徐真隱瞞，當即將原委都娓娓道來。

原來當日班師回朝，徐真與十四紅甲先行，在諸多禁衛的簇擁之下，護送李明達入皇城，教坊的樂戶被委派歡迎凱旋的將士，張素靈才認得張久年和周滄等熟面孔。

她委實不知徐真會到教坊辦事，只是私下製作了十幾張假面，將張久年等人的臉面都捏造了出來，只要其中得一人進入教坊，她就能夠尋得親屬。

雖說她情真意切，但徐真心裡還是有著疑惑，既然已經認出了張久年等人，又何必如此欺騙戲耍徐真？

張素靈也是心有虧欠，赧然抱歉道：「素靈自小無依，卻也學了一身市井本事，若直接找上恩公，怕恩公難以相信，挑弄恩公雖說大不敬，但卻是素靈的一番心意，好教恩公知曉，素靈並非要附庸恩公，坐那乞食的無用之人，只希望素靈這些許微末伎倆，能為恩公所用……」

徐真見得張素靈如此坦誠，心裡早沒了責怪，想來張素靈年紀也慢慢大了，身子早就長開，在教坊之中久了，估計難保清白，遭了侮辱，這才急著投身到徐真這邊來了。

張素靈身材高挑修長，竟與徐真不相上下，若用得奇妙，不失為得力助手，徐真有心招納，就開口道：「莫要恩公長恩公短，我虛長幾歲，不嫌棄就喊聲哥哥，今後必不讓妳再受那孤寒之苦……」

「哥……哥哥……」張素靈聽得徐真言語，感銘肺腑，抬起頭來，雙眸之中盡是花白淚珠子，情不自禁就撲入了徐真懷中。

徐真也是心中憐惜，想著這張素靈孤身一人，長大到如今樣子，也不知受了多少苦楚，正要軟語安慰，襠下卻又是一陣劇痛！

這還未回過神來，眼眶又遭了一拳，暈厥之前只見得張素靈狡黠冷笑：「好你個沒腦子的大色鬼！這次還不著了妳大小姐的道！哈哈哈！」

「原來還是計！這娘兒們的演技到底有多好！」徐真心頭翻起驚濤駭浪，且不說這張素靈演了一手好戲，單說她對徐真的瞭解，就足夠讓徐真心驚，而且此時徐真已經篤定，她估計也不是什麼張素靈，鐵定是知曉徐真要到教坊去，這才做足了準備的！

若真是如此，只能說明，有人將徐真的行蹤透露了出去！

這廂未來得及思想清楚，那張素靈又是一記手刀，將徐真砍倒在地！

第九十二章 素靈偽裝地牢受辱

前番說到假獮猴三戲真猴王，那徐真先在教坊被張素靈接連戲耍，先假扮小廝來捉弄，又易容老丈來疏通，而後換了徐真的官服，出了這教坊，將徐真引至張蘊古的鬧鬼老宅子，又扮成張家遺孤，騙得徐真的善心，猝然發難，將徐真給打昏在地。

徐真自認狡黠無常，卻不想自己也碰上了個乖張人兒，這雌雄莫辨的張素靈也算得奇人異士，竟能將徐真耍弄得團團轉。

所謂狡兔有三窟，徐真為人做事都留手，未雨綢繆，有備無患，身上也帶著諸多防身幻術秘器，可這一身衣服全都被張素靈給剝光了去，眼下被關在不知何處的地牢之中，赤身裸體，狼狽不已。

其時天寒地凍，徐真又沒個遮掩，只能運動內功心法來驅寒，這門傳自於李靖的內功心法，並非那飄渺的修真奧術，也不是那倒逆天道的無根之木、無源之水，到底需要消耗體內精血來運轉調息，對徐真的身體能量消耗也是極大。

那聖特經文上有記載，西域秘境的聖僧，常年修練瑜伽術，能赤身掩埋於冰雪之中而不僵，反而散發熱氣，將那堅冰給徹底融合，徐真雖然與凱薩每日修練瑜伽術，卻不得那神奇要領，只是輔助七聖刀秘術的修練罷了。

說到這七聖刀秘術，又有一番說法，所謂吃非常之苦，成就非常之人，徐真二十餘歲才開始修練，早已超齡，骨骼堅硬，修練途中不知吃了多少痛楚，也虧得他心性堅韌如鋼鐵似磐石，否則根本就支撐不下來。

到了如今，這七聖刀秘術終於有了用武之地。

徐真之所以被稱之為「胡迪尼．徐」，皆因其以神鬼不測的逃脫術而成名，曾在萬眾矚目的直播之中，在數息之間解開十數層枷鎖，逃離水箱，這唐朝的鎖扣並不繁複，張素靈這廂似乎也曉得徐真有些特異之處，只將大小沉重的枷鎖嚴嚴實實鎖了十幾道，又用繩索將徐真五花大綁，這才安心下來。

原本徐真還在鞋底處藏有開鎖的鐵勾銀針，可一身衣服連同鞋襪都被張素靈給剝了個乾淨，此時只能動用七聖刀之中的秘法，縮骨成方寸，反扭關節，暗中早已脫了這層層禁錮，然地牢外又有三四個面色冷峻，目光陰鷙的彪形大漢在看守，徐真也不敢擅自主張，妄自行動。

這張素靈也是個心思玲瓏的狡猾人兒，生怕徐真口舌了得妖言惑眾，並不用本土中原人，看守的四個都是突厥野人，在牢獄外面圍爐而坐，大塊吃肉大碗喝酒，間中用突厥話放肆嘲笑。

沒想到天公戲耍，徐真在薩勒族之時與胤宗等人朝夕相處，又得凱薩夜以繼日的薰陶，摩崖老人傾囊相授，突厥話早已純熟，將這四個突厥人的交談都聽了過來。

這一聽不打緊，四人喝了烈酒之後，卻開始胡言亂語，道出了其中辛秘，也驗證了徐真的猜想。

原來這張素靈果真是漢王李元昌的麾下奇人，也難怪對徐真瞭若指掌，此番囚禁了徐真，卻是披著徐真的面皮和官服，到五軍衙門去點卯過堂，說不得已經將長安城防佈局都攝入了囊中！

更讓徐真心頭憤慨的是，太子李承乾果然窮途無歸，當日徐真在杜楚客府上放了一把火，得了密信交給了晉王李治，李治也不敢冒天下之大不韙揭了那密信，李承乾卻自有耳目，得知了李綱與魏王李泰之間的勾結，這才動用了突厥人的力量，竟是真的跟李元昌合謀在了一處！

若果如此，李承乾是想讓這李元昌來當衝陣先鋒了！

且不說徐真在牢獄之中捱苦，單說這張素靈改頭換面，假扮徐真到了五軍衙門，竊取了城防軍機，又重新做了部署，在門防之上留了多處的空檔，將紇干承基的左內率府人手全部換成了突厥人，又打亂了次序，那紇干承基也是個反骨之人，心知大佈局，在會議上主動迎合假徐真張素靈的提議，才促成了這次變動。

張素靈雖手藝超凡，帶了這生根的面皮，騙過了衙門裡諸多同僚，但心知騙不過徐真親近的親朋，更無法騙得過與徐真最為親密的凱薩，只敢呆在衙門裡，卻不敢回徐真府邸。

當日打昏了徐真之後，她就換了徐真的伙夫衣服，點綴些許狼狽樣貌，假扮了徐真，騙過了李無雙，當時李無雙對鬼宅心有忌憚，急著要離開，並未多做猜忌，這才讓張素靈得了便宜。

這長久不回府邸也不是個計策，畢竟張久年也是個老謀深算的人，張素靈也不諳徐真筆跡，遂讓衙門的書記派了一份公文到神勇爵府，言明自己籌備朝宴防禦，忙碌公務，無法回府歇息。

張素靈也畢竟是個女兒心思，自覺徐真與凱薩一路患難，該是相親相愛朝思暮想的男女急情，遂自作主張折了個同心方勝兒，夾於公文之中送回了爵府。

張久年得了公文，自無疑慮之處，可凱薩卻是多了個心思，因則徐真從未有這等習慣，二人曾經戲言，來往郵寄方勝兒卻是尋常男女寄託相思的肉麻東西，徐真向來不做這等風騷之事。

若無這多此一舉的方勝兒，凱薩也起不得疑心，既有了猜想，凱薩就出了門去，雖身上杖瘡未癒，但行動並不受阻，暗夾了雙刃，又與張久年幾個支會了一番，這才到衙門來求證。

張素靈聽說凱薩來了，生怕露出馬腳，只是吩咐衙役搪塞了過去，避而不見，凱薩就越發疑惑，卻也不能擅闖衙門，思來想去，只好到了李無雙府上來詢問。

當初李無雙心疼李明達妹子，對凱薩也沒甚麼好臉色，但後來想通了，巴不得凱薩黏穩了徐真，好讓李明達死了心裡那點小意思，對凱薩也就沒了仇視。

見得凱薩上門，李無雙並沒有擺弄姿態，親和相迎，接入了府中，凱薩心切徐真安危，不及噓寒問暖，遂問起徐真的教坊之行。

李無雙也是訝異不已，將當日詭異之事都說道個明白，凱薩越發篤定了心中的猜測，也不便跟李無雙這等金枝玉葉的人求援，回了爵府，將張久年幾個都召集了起來。

張久年是個多謀的人，即刻就看出了非同尋常之處，但並沒有打草驚蛇，幾個人在五軍衙門周圍隱藏下來，就等著那假徐真離開。

到得傍晚，衙門響了鼓聲，一眾公幹都退了堂，張素靈不動聲色離開了衙門，轉入坊間，卻不知凱薩等人已經悄然尾隨。

若說易容改裝，這張素靈確實技藝超人，可論起潛伏跟蹤，又有何人敢跟凱薩叫板？這漢王李元昌畢竟是一地藩王，到了長安這等天子腳下，又心有反事，不敢大肆佈置，所依仗的都是太子李承乾的人力，關押徐真之處，就在大昭寺的一處廢舊佛塔地下。

張素靈生怕神勇爵府的人起了疑心，急切想要回來，威逼徐真寫下手書，以緩解了爵府人手的疑問，腳步也就快了起來，不多時就轉入大昭寺之中，又兜轉了好幾圈，這才入了後山塔林。

凱薩跟隨到這一步，心裡已經確定了徐真落入他人之手，沿途不斷留下暗號，以期周滄等援手能夠跟從上來。

且說張素靈入了廢舊佛塔的秘門，沿階下到地牢來，見得四個突厥野人一臉的醺醉，心頭頗為不滿，不過這些人都是太子的爪牙，她也不好直言相斥，繞過了突厥人，正打算威逼徐真寫下親筆手書。

哪裡想到這突厥人喝了烈酒，發起酒瘋，幾個人圍攏上來，就要剝了張素靈衣服，做那禽獸牲口的骯髒事情。

張素靈其實並沒欺騙徐真，她確實是張蘊古的後人，也確實被關押在了教坊之中，因為易容的秘術了得，被教坊頭人嚴密看守，以期他日有大用。

然而漢王李元昌為了獲取城防的關節，與太子一番計較，又有侯君集從中運作，將教坊篩選的事情丟給了李道宗，又攤派了棘手事務讓李道宗處置，落得李無雙到教坊，更是使了錢銀，讓隨身女婢提點李無雙，尋了徐真同去，這一樁樁一件件，都是有備而來的。

張素靈只想著要殺權萬紀，一個孤苦慣了的女子，又如何受得了堂堂藩王的招徠和允諾，也就從了這李元昌，可她沒想到這些突厥人居然會生變到如此地步，連漢王李元昌的人，都敢下手侮辱！

她畢竟有拳腳傍身，又有徐真的長刀在手，一來二往這些突厥人也近不得身，可這等反抗，卻是激發了突厥人的野蠻血性，四個人雙眸爆發雄狼一般的凶光，抽出彎刀來威逼張素靈就範！

她畢竟勢單力薄，長刀鐺鎯被磕飛，雙手頓時被高大的突厥人反剪，那突厥人捏住張素靈的後頸，一把將她摁在了案几之上，另一隻手卻將她後背的衣裳撕爛開來，露出大片雪白！

幾個突厥人見得這細皮嫩肉，早將自家祖宗爺爺都忘了個乾淨，靠了上來就要輪番蹂躪張素靈，嚇得這張素靈眼淚直落。

雖然她喜作男裝，可畢竟是女兒之身，為了在教坊之中掙扎，不至於失了身子清白，才束縛了胸腰，掩蓋了姿色，一想到苦守的身子要被這群畜生玷污，她心如死灰，懊悔不已，上了李元昌的賊船，等同與虎謀皮，如今是自身難保了！

她緊咬牙關，尋找著反擊的機會，微微扭頭，下意識看了徐真那邊，卻發現一地的繩索和枷鎖，獨獨不見了徐真！

第九十三章 徐真施救反遭背棄

世間之事自有因果，怕是不信佛，也脫不得這報應，張素靈自以為贏了徐真，沒想到卻遭自己人羞辱，徐真反而趁勢脫了枷鎖。

她正欲呼喊，卻被突厥人堵了嘴巴，只能悲憤地流下恥辱之淚，眼睜睜看著徐真離開。

照理說，徐真不該再救張素靈，他也不是那慈悲佛子，反而是有仇報仇、有冤報冤的小氣睚眥兒，但看著張素靈就要失去清白，他還是動了心。

他赤身裸體被餓了兩三日，力氣沒剩下多少，又為了運動內功心法和瑜伽術來禦寒，早已透支了潛能精血，若悄然離開，也沒多大問題，但想要力敵這四個酒後發瘋的突厥人，卻又力有未逮，再者，就算打倒了突厥人，他也再無力氣制衡張素靈，最終還是要落在張素靈的手中。

若出不去，自己手中的那一塊長安城防，就要落入李元昌的手中，謀反一爆發，不管李元昌最後是否成功，他徐真都會被視為叛賊！

他不想再相信張素靈，但看著她那哀求的目光，徐真最終還是軟了心頭，潛行了兩步，撿起張素靈被打飛的長刀，如一道魅影一般衝過來，長刀噗嗤一聲，刺入一名突厥人的後腰，狹長的刀刃透體而出，刀頭不沾血！

那突厥人欲火焚身之際，卻被猝然襲殺，一時也未斷氣，如那發怒的人熊一般抓住下腹的刀刃，任由鮮血從指縫間流淌，卻是反腳將徐真踢飛了出去！

見得手足被偷襲，其他三人將獸欲化為狂怒，將矛頭轉向了徐真這邊來，丟下張素靈就朝徐真圍殺了過來！

好事還未得逞，卻折損了一個弟兄，突厥人如那發狂的野獸，說不得要將徐真撕成肉沫子！

張素靈驚魂甫定，心中第一個念想就是逃出這地獄般的狼窟，她自小孤苦，並無任何信任之人，深知生存之道，為了活下去，又何惜出賣朋友？再者，在她眼中，徐真並非朋友，只不過是個傻到以身涉險去救他人的蠢蛋罷了！

念及此處，她咬了咬牙就要衝出地牢，可看到徐真苦苦支撐，形容枯槁卻寧死不屈，如那餓瘦了的獵豹反抗虎群一般兇悍，她卻停住了腳步！

若她離去，徐真必定會死於這幾個突厥人的手中，徐真不曾棄她而去，她若離開，心中將永生背負徐真的恩情！

但若她不離開，以她的武藝，就算加上一個徐真，最終也戰勝不了這幾個突厥人，到頭來還是要受辱！

早先在教坊之中保全自己的一幕幕不斷閃現而過，張素靈掙扎徘徊，最終卻沒有踏上通往地面的階梯！

她緊咬貝齒，紅唇泛白，束緊了衣裳，低喝一聲，一腳將那受傷的突厥人踢翻，抽出他背後的長刀來，再複一刀，刺入心腹之中，鮮血噴濺了她一臉！

敵人的熱血點燃了她的兇悍鬥志，見得徐真左右不支，前後被圍，身上多有刀傷，她也不及權衡高下，揮舞了長刀就衝入合圍，仗著長刀將三個突厥人逼退開來，攙起了徐真！

徐真確實到了強弩之末，大半個身子都依靠在了張素靈的身上，心知這丫頭也沒底氣，當即在她的耳邊低聲道：「姑娘切莫慌張，我的衣服上有機巧，如今只能冒犯則個了！」

張素靈還未反應過來，徐真已經順著她光滑細膩的後背，將手伸到了她的蜂腰處，再往下一探，才觸及到臀部的一處暗袋，摸出了一把粉末來！

這張素靈還覺著古怪，為何徐真的官服如此沉重，原來卻是藏了這麼多的機關，但想著徐真溫熱的手探入自己的……實在讓人心旌蕩漾……。

不待她發作，徐真已經觸發了火石，左手掌中轟然冒起一股烈火來，將他映照得如同神子下凡一般！

「北方的狼人，何敢觸犯阿胡拉的使者！」

徐真用純正的突厥話一聲怒罵，那三名正想衝殺過來的突厥人頓時停住了腳步！

雖然善於弄火，但由於張素靈取走了自己的衣物和機關，徐真此時手上沒有任何防護，說不得又要經歷一次手掌被燒的慘劇，好在火藥拈取適宜，徐真連忙將烈火投擲了出去，嚇得那三名突厥人連連後退！

趁著這番騷亂，徐真又探手到張素靈的私密之處，然而火藥卻因上次沿途遺漏，並未剩下多少，徐真只能黏住那條皮帶，抹出三支飛刀來，暗扣在了手中。

這幾個突厥人也是習慣刀頭舔血的狠辣角色，徐真召火也只是暫時震懾了片刻，這三個無信之人就衝了上來！

「跟緊我！」

徐真朝張素靈沉聲囑託，甩手就擲出飛刀，突厥人怪叫一聲，用彎刀打落徐真飛刀，徐真想要奪過張素靈的長刀，後者卻警惕著，長刀如同救命稻草，不肯放手，徐真無奈，只能抓住張素靈手腕，手把手揮舞長刀，二人相貼著身子，想要衝到出口處！

如此這般，徐真受到掣肘，無法發揮精湛刀法，卻是被突厥人逼了回來，手臂上又吃了一刀！

「蠢女人！快放手！」

徐真大罵一句，張素靈卻不是不想撒手，而是剛才徐真取火藥的時候，將她後背綁縛衣服的扣兒都給弄脫了，她如何不貼著徐真，清白身子就要見光，雖說生死之間無法顧及，然而她卻不願再受此恥辱，只是貼著徐真不放開！

無奈之下，徐真只能硬著頭皮，就像背著張素靈一般，二人卻也慢慢養出了默契來，只是畢竟受到三人圍攻，每次受傷，徐真必定首當其衝，給這張素靈當了擋箭牌！

他體力有限，張素靈畢竟是主力，徐真如指點引導，她則步步緊趨，突厥人越發倡狂起來，彎刀大開大合，金鐵相擊，火星四濺，卻是險象環生！

徐真幾次突圍不得生路，又要摸飛刀，緊要關頭，也不知摸了張素靈什麼要緊的地方，那姑娘家羞臊之下，手中長刀沒個章法，拿捏不住，卻被彎刀給打飛了出去！

「成事不足敗事有餘！」

徐真心頭大罵，手頭就只餘下兩支飛刀，簡直到了窮途末路，見得突厥人又圍殺上來，卻不再留然射刀，後退到牆壁處，實在無奈，飛刀前後而至，好在距離甚近，正中一名突厥人咽喉！

剩餘兩名突厥人哇哇怪叫，充滿了仇恨的怒火，劈頭蓋臉就砍將過來，徐真和張素靈面如土色，心頭大叫：「此番死矣！」

張素靈貼著徐真後背，沒來由覺得滿足，只覺從小到大，從未有過如此安穩的感覺，就像靠在了高山後面，遮風避雨，眼下雖將死，卻是了無遺憾。

眼看突厥人的刀就要落下，背後卻突然響起一聲嬌叱，跟蹤而來的凱薩終於趕到，飛身上來，左手刃橫削而來，突厥人咽喉鮮血噴薄而出，凱薩彎了腰身，如狸貓一般靈巧，右手刃刺入另一名突厥人的心胸，呼吸之間突襲得手！

她本就是行走於暗夜之中的頂尖刺客，這兩名突厥人以為大局已定，沒了提防之心，卻是死得不明不白，連凱薩的真容都不曾見到。

徐真見得凱薩來救，心頭頓時鬆懈下來，然而還未呼出那一口濁氣，咽喉處卻被張素靈用簪子頂住！

凱薩手起刀落，殺人乾脆利索，見得張素靈制住徐真為質，知她想要逃脫，也不為難，收了刀勢，冷靜說道：「別為難我家小哥哥，我放妳離去便是。」

今夜一戰，若沒有徐真救援，她張素靈又豈能保住清白？

非但如此，哪怕被突厥人玷污身子不說，就是走脫了徐真，她到漢王那處，橫豎也是個死罪，但為了生計，她又不得不挾持徐真以自保，雖是無奈，但連她自己都有些厭惡自己的以怨報德。

見凱薩大方放行，張素靈也不敢鬆懈，挾著徐真往出口處挪動，正要跟徐真說些歉意的話，沒想到背後卻突然冒出一個高壯如人熊的黑鬚大漢子，一柄橫刀冰涼涼架在了她的脖頸之上！

「小娘子切勿動手，哥哥我手裡沒分寸，妳的簪子可快不過我的刀頭！」

周滄嘿嘿一笑，露出森森白牙來，張素靈心知逃脫無望，只能憤憤咬牙，將徐真給放開。

直到此時，徐真才大難得脫，虛驚之下，再也承受不住，閉眼昏了過去，凱薩趁勢扶住自家男人，眼中滿是疼惜和悲憤。

張久年等人也趕將過來，將徐真給接回了府邸，又秘密將張素靈給關押了起來。

徐真久不得米水入腹，醒來之後喝了溫熱肉粥，精氣神都恢復了過來，連忙讓人將張素靈給帶了過來，命她寫了手書，暗自送回到漢王處，免得打草驚蛇。

信中卻說有人劫獄，她張素靈將徐真給救了出來，安置在了秘密之處，讓漢王無需擔憂，一切按計劃行事。

他知曉漢王多疑，必定會找張素靈求證，能否騙過漢王，關鍵還在張素靈是否肯合作，如此一來，就需要他徐真去說動張素靈，讓張素靈從了他徐真，臨陣反戈，共同化解這場謀逆的詭計！

第九十四章 張家老宅故人現身

都說亂世出英豪，自有那天選之子應運而生，然平定之治世卻多紅顏禍水奇女子，說起來這張素靈也算得不讓鬚眉的奇女子。

她確實是張蘊古之遺孤，也確實被收容到教坊為奴為婢，少時面容醜陋，多受使喚和打罵欺辱，性格逐漸孤僻起來，卻最慣察言觀色，模仿諸生百態。

女大也有十八變，年歲越長，這張素靈卻越發豔麗，為自保清白，她就開始裝模作樣，每有達官貴人到教坊挑選女子，她就換個男兒身，最後得了易容秘術，越發不可收拾，教坊覺著奇貨可居，就嚴加管束，有時甚至將其鎖了起來，求出而不得。

且說這張素靈被周滄幾個拘回神勇爵府，自知徐真不肯放過她，心思著逃脫的計謀，沒想到卻等來了張久年。

張蘊古被斬之時，她也才四五歲的年齒，然天生聰慧早熟，認不得周滄等一干家將，卻認得張久年這個大管家。

當初她母親深得張蘊古寵愛，卻被主母和其他姨娘排擠，也多虧了張久年出謀劃策，另尋了宅子安置母子，這才相安無事，說起來，張久年也算是她家的恩人，二人雖十餘年未見，但面目依稀，經歷短暫生疏之後，慢慢回憶起張家往事來，心中不免唏噓。

張久年也不提徐真的恩惠，更不勸張素靈歸附徐真，只問些生活的艱辛難事，想著張素靈這十幾年的經歷，真真也疼煞了人心。

張素靈警惕慣了，起初也只是囫圇應付，到最後卻被這老管家勾起了傷感，多年委屈如瀑如流地傾倒出來，惹得雙眸紅腫，卻又咬牙強撐著。

張久年於心不忍，就開口說道：「大小姐，老奴與兄弟幾個流落礦洞為奴，幾近苦死，若非徐家主公相救，今日也不得相見，小姐或不喜主公為人，老奴也不敢勸說小姐，若小姐真個兒想要離開，老奴拚了身家，也替小姐說個情，主公必定會准允，只是小姐要跟著做那逆反的大事，老奴卻不得不狠心阻攔，實不想看到小姐誤入歧途也！」

張素靈見老管家說得情真意切，也是頗多感懷，然她心繫父母大仇，勢必要殺了權萬紀來報仇雪恨，單憑她一個孤單柔弱女子，又如何能夠成事，只有鋌而走險，做了漢王的鷹犬。

張久年心知她的念想，遂建言道：「徐家主公也是個懂得籌謀的人，又深得聖上青睞，小姐何不問計於他，若果真能幫小姐把仇怨給化解了，還張老爺一個清白正直的名聲，就算委身於他，豈不比從了反賊要好？」

張素靈想起教坊戲耍徐真，卻被徐真反吻了香唇，心思漣漪陣陣蕩開，又念了徐真在地牢之中不離不棄的義舉，遂默許了下來，跟著張久年來到了徐真的書房之中。

此時徐真瘡口發作，坐臥不安，只著了內衫，房中點了暖爐，由劉神威治理著傷勢，縱使百般痛楚，兀自咬牙堅持。

見了張素靈來拜訪，徐真不好有辱斯文，就披掛了一件衣裳，讓張久年送了劉神威出去招待。

張素靈跟徐真也是一對冤家，打打鬧鬧了這許多場，已經算不得陌生人，徐真也不見外，請了張素靈坐下，終究還是打破了沉默的局面。

「張姑娘，我知妳背負大仇怨，但若執迷不悟，繼續為虎作倀，非但報不了大仇，反而將自身也搭了進去，那幾個突厥人的行徑……姑娘想必也清楚，敢問漢王手下又有多少人肯善待姑娘，哪怕最終成了事，姑娘果真覺著他會兌現了承諾？」

「這等惡人連自家親屬都要禍害，又如何能讓姑娘善了？只怕事情敗露，免不了要找些替死鬼，將姑娘拉出來當了墊背的無辜之人！」

「徐真不才，不敢說些大話來許諾什麼，但我敢向姑娘保證兩件事情，一是權萬紀必不得好死，二是定能還張家老爺一個清白！」

徐真這兩個承諾並不需要擔心無法兌現，因為過不了多久，等漢王李元昌反叛失敗，齊王李祐就會舉兵，而齊王造反的導火線，正是殺了他的老師，那個人就是曾經教導過吳王李恪的權萬紀！

為了假扮徐真，張素靈早已將所有關於徐真的情報都熟記下來，當她知曉徐真乃祆教神使，曾經展現過神跡云云，心中不過將徐真當成裝神弄鬼的假神漢罷了，今日見徐真再發狂言，心裡也不太相信。

可當她抬起頭來，與徐真四目相對之時，心底卻又湧起一股信任來，總覺得這男人的目光有種莫名的力量，讓人感到安穩，好似這男人說的每一句話，都會得到應驗一般。

她當初也是走投無門，報仇心切，又受了旁人蠱惑，這才成了漢王的手下人，如今得徐真三番四次相助和不計前嫌的接納，張久年等張家遺老都歸附於徐真的庇護，張素靈也就不再作他想。

「我……我可以幫你做事……但……但卻不會做那內房伺候的醜事……」張素靈大概也聽說徐真在軍營之中隨身帶著侍女，還為了自己的女眷放走吐谷渾賊虜的不實內幕，當日教坊戲耍又被徐真強吻，皆以為徐真是那好色之徒，故將醜話說到了前頭來。

徐真一臉愕然，醒悟過來之後不禁心中暗罵，你哥哥真就長了一副浪蕩模樣？不過他也不是那逞口舌的膚淺漢子，想要張素靈死心塌地跟著自己做事，自需要坦誠以待。

張久年似乎早已料到張素靈一定會留下，早早備好了內院房間，稍作休整之後，徐真又帶著十四紅甲以及凱薩、張素靈，來到了張家的鬧鬼老宅。

一番佈置妥當之後，弟兄們都潛伏到宅子四處，只剩張素靈看守著徐真，三通鼓之後，果真有漢王的使者來探望，一行三人，皆著夜行服，為首之人雖蒙了面紗，但徐真從他的身架步履，卻是看出三四分熟悉的味道來！

這三人見了徐真受縛，顯是安定了不少，生怕徐真將他們的口音聽了去，將張素靈拉到外頭來，竊竊詢問了一遍，張素靈自是將早已編排好的說辭給獻了上去。

那四名突厥人猝然被殺，讓漢王多少有些忌憚，然張素靈卻按照徐真的囑託，將突厥人的死都推到了徐真的身上，只道徐真要逃跑，偷襲之下殺了那四人，好在張素靈從五軍衙門回歸及時，否則徐真就要走脫了去。

那首領聽了張素靈的解釋，頓時勃然，走入房中對徐真就是一陣暴打，徐真雙目如鷹隼般盯著這首領，旁邊一人見著，連忙拖開了首領，又囑託張素靈好生看顧，凡事依計行事，這才憤憤離開了宅子。

這三人走出不多遠，就停了下來，扯下面紗之後，為首之人唾了一口罵道：「好個徐真，幾日不見，居然變得這般厲害，將太子殿下的四名死士都給襲殺了！」

四周昏暗，此人面目依稀，但若徐真在場，必定能夠認得此人，這不正是陳國公侯君集的兒子侯破虜！

適才勸阻侯破虜的人也現出真容，卻是久不露面的段瓚！

「他也不是十惡不赦之人，如何這等粗暴拳腳對待……」段瓚小聲埋怨了一句，畢竟他心中對徐真已無惡感，只是攀上了侯家這棵樹，一時騎虎難下罷了。

第三人拉下面紗來，卻是個老成穩重的中年文士，不正是那東宮府千牛，侯君集的佳婿賀蘭楚石！

賀蘭楚石雖算是侯破虜長輩，但礙於侯君集的權勢，也不便教訓則個，三人收了夜行服，這才疏通了坊門出去。

這三人前腳剛走，原先所立之地後方的陰影之中，頓時顯出一個人影來，卻赫然是尾隨跟蹤的凱薩！

凱薩憤憤地回到張家宅子，將所見所聞都告知徐真，徐真也是好生驚愕了一番，他倒不是為了侯破虜打自己那幾拳，踢自己那幾腳，而是驚駭漢王這一齣，終究是將太子也給捲了進來！

侯君集通過賀蘭楚石，早與太子有著私下的溝通，侯破虜既然已經現身，說明侯君集也跑不了干係，若太子將計畫提前，與漢王狼狽為奸，這次逼宮說不得要成事了！

眾人收拾妥當回到神勇爵府，一夜無話，到了翌日，天氣轉寒，飄飄灑灑下起白雪來，徐真刀瘡發作，遂讓張素靈戴了面皮，易容成徐真模樣，帶了凱薩去淑儀宮尋找李明達。

張素靈本就是個雌雄莫辯的妙人，又得了徐真指導，非但外面容貌，連步履氣度都跟徐真難辨難分，入了淑儀宮，就是為了將凱薩安置於李明達身側，貼身護衛。

李明達雖未成熟，但對徐真朝思暮想，又見張素靈手上沒戴著鐵扳指，二人貼近說話之時，又嗅聞到一股淡淡的女兒體香，不免生了疑惑。

然而她到底是皇家的金枝玉葉，都民間異術不甚瞭解，雖聽說過這易容改扮之事，卻不會想到這等事就發生在自己身邊。

那李無雙也是個不謹慎的丫頭，怕李明達平添憂慮，也不曾將教坊之事說個究竟，只說徐真跟她到教坊去挑人，卻行為不檢，到那內院去跟姐兒鬼混，好教李明達死了念想徐真的心思。

這番李明達嗅聞到張素靈身上的幽香，越發覺得徐真是的的確確到教坊去鬼混了，難免沒了好臉色，好在凱薩推說朝宴上人多雜亂，留在身邊照看個周全云云，李明達才將凱薩混入了貼身女武官的行列之中。

張素靈是個七竅玲瓏心，最擅揣摩心思，自然能夠感受到李明達對徐真的依賴，從淑儀宮回來，越是覺得徐真有一種說不出的神秘氣質。

非但凱薩對他死心塌地，連李明達都傾心於她，甚至於當日她故意以徐真的身份摸了李無雙一把，雖李無雙惱怒萬分，但也讓張素靈感受到一種異樣的好感，若無心意，何必與你做冤家？這李無雙反其道而行之，卻是欲蓋彌彰，心裡對徐真，與其他男子，自有著不同之處。

然而徐真此時哪裡還有時間去考慮這等兒女私情，為了明日的朝宴，他又跑到了李淳風和閻立德這廂來，確定事情已經佈置妥當，這才回到府中，召集一干弟兄細細密議了一番，這才飽食休息，以待明日大事的降臨！

第九十五章

漢王逆反徐真分身

今番卻說徐真為保李明達周全，驅使張素靈假扮自己，將凱薩送入了淑儀殿，如今雪夜料峭，自己卻難以入眠，轉輾反側小半夜，只得起了身，披了暖袍，在院落之中走動，行至院中老槐樹下，卻見得一人冒雪而立，正是那夜不能寐的張素靈！

她是張蘊古的庶出，幼時也曾住過這府邸，只是到了後來，母子二人遭遇主母排擠，這才搬了出去，遠離主府，雖用度不曾短缺，卻少了許多噓寒問暖的關愛。

如今故地重遊，張素靈未免嘆息，她母親也是個貞烈的女子，本不受那冤案的牽扯，卻傻傻殉情守節，只留下張素靈一人，讓這小丫頭曾經憤恨過，也替母親感到不值，然則越是長大，報仇的心思卻越發劇烈。

夜穹無星月，紛撒冰心雪，手中酒冷冽，誰人聽我歌一闕，經年笑淚今夜絕，親恩難入夢，杜鵑空啼血。

張素靈心中惆悵，未免蕭索，提起酒壺來悶了一口，苦澀難耐。

徐真望著這瘦長的背影，只覺著這人孤零零地，不被這世界所收容，想起自己的身份來，引發內心共鳴，心頭也是壓抑得難受，忍了忍，終究沒有上去搭話，自顧回了房。

他的身影剛消失，張素靈微微轉過身來，輕輕嘆息了一聲，她已從張久年等人的口中，瞭解到徐真這一路的經歷，徐真何嘗不是跟自己一樣，孤單單地掙扎於世？

可惜徐真沒有上來搭訕，否則，一同喝杯苦酒，想來也是極好的。

徐真回到房中，將身上傷口都緊緊包裹起來，束了內甲，又將那久違的紅甲披掛，全身覆蓋於鎧甲之中，凱薩親手製作的雕弓背負起來，提了長刀，似乎又回到了吐谷渾的戰場之上！

而張素靈則穿起徐真的中郎將軍甲，五更鼓的時候就出了門，想起今日即將發生的大事，心頭也忍不住激動難耐。

因為要操作許多機巧之物，摩崖早已跟李淳風、閻立德作了一夥，這許久的籌謀準備，今日終於要動用，奈何天公不作美，這樣的天氣，確實不利於發揮。

漢王李元昌時年二十有四，正是茂盛風華，美姬滿室，享不盡的榮華，又不缺文韜武略，藏書充棟，武藝又是精湛，坐享親王的尊貴，然而人心最是不易滿足之物，他也是個皇家的血脈，終於等到李世民漸漸衰弱，又如何不敢奮力一搏？

那太子李承乾雖是果敢之人，然則周身太多羈絆，如今朝堂之中人才逐漸凋零，一幫開國功臣死的死，老的老，如李靖這等，只不過明哲保身，坐等飛升，徐世勣這般，也不敢胡亂指點，只想著坐守其成，長孫無忌雖有野心，卻只會擺弄權謀之術。

也該是天命使然，有了侯君集這等大野心大氣魄的人，又糾集了諸多得力的文武，既然太子扶不起，李元昌自覺該是自己的命數到了！

他緊握手中寶刀，用力揮舞了幾下，只覺得能將這天地都給劈開，滿滿的都是力量，改變天地的力量！

過了今日，他李元昌就能更進一步，登上那人間的巔峰！

可惜的是，他並不能親自上陣，將自己的滔天武藝都施展在世人面前，他只能將隨身短刃藏納於內甲之中，在諸多親衛的簇擁之下，趕赴大明宮的太液池。

這太液池四周早已佈置妥當，冬雪初霽，天色卻有些陰沉，烏雲低低壓著，一如皇宮情勢一般暗流湧動，讓人生出不甚美好的預感來。

文武百官早早到場，先是四周圍相互恭賀了一番，說些吉利話兒，這才按著班次坐了席，諸多大公王族也都紛紛到了場，這方圓之間，彙聚了掌握著天下權柄的人，好似將那大唐都縮小到了這太液池的周遭，各據地方，涇渭分明。

李元昌意氣風發地入了席，距離那個座位也就數步之遙，他的心情反而平靜了下來，平靜得連他自己都覺得害怕！

期期艾艾之間，一聲禮炮響起，鑼鼓齊鳴，金吾衛依次而出，那金黃的佇列似乎將天穹的陰霾都驅散了不少！

當今聖主緩緩駕臨，那不可褻瀆的尊威讓在場所有人都為之一滯，哪怕相隔甚遠，手腳都不自覺顫抖起來！

所有人都站了起來，朝聖主恭賀，雖聖人不喜奉承，但賀年之際，百官還是獻上了繁華昌盛千秋萬載之流的話語。

聖人氣概干雲，由於今年將吐谷渾清掃了，展現我大唐的國威，故大赦天下，文武百官皆由封賞，人人稱道，山呼海嘯。

又有各地官員進表，豐收大年，府庫外溢等等，不勝枚舉，又有諸多皇子上來，稱孝道仁，各部官員紛紛述職，彰顯功績，可謂國富民強，確實千年一遇！

一干流程走下來，也消耗了許多時間，這才開了宴，仙樂大作，歌舞曼妙而來，整個會場瀰散著一股祥和歡樂，讓人沉醉其中，久久不願醒來。

李元昌面色如常，該飲則飲，還親熱的給自家哥哥敬了禮，聖上龍顏大悅，少不得好生撫慰了一番，真真是親情洋溢，讓諸多臣子感受到帝王家的和睦仁愛。

直到那二十位舞姬即將上場，李元昌的心頭才緊繃起來！

這二十位舞姬訓練已久，效仿魚腸，在足底暗納短刃，只待承天門一破，叛軍入了宮，舞姬們就能將當今聖主給制住，甚至刺殺當場！

直到此時，李元昌才發覺自己的心臟在劇烈的跳動著，他在害怕！

籌謀了這許多年，他未曾怕過，眼看著只差一步就能達成目標，他卻在害怕！

禮部的侍郎又上了檯面，宣佈下一個獻禮的人選，李元昌的屁股都離開了凳子，勝敗已然在此一舉！

然而那侍郎開口之後，卻生生打斷了李元昌的這份心緒，讓他憋屈得極為難受，因為這侍郎道出的，是徐真之名！

聖人也覺得訝異，雖然他也知曉徐真身懷異術，然徐真身為翊衛中郎將，此時該在承天門內圍領兵值守，如何能違了規矩，來此獻禮祝賀？

諸多官員也是眉頭緊皺，這徐真若真敢來此，雖不能當場驅趕，但過後必定少不了雪片一般的彈劾，若他還有一點為官覺悟，就不該為了討聖上歡心，而擅離職守！

然而他們都想錯了，徐真果然從諸多人群之中走了出來，走到了臺上！

李靖等一干老臣也是面面相覷，這當著聖人的面，離了崗位，漫說聖人喜怒如何，明眼人都知曉這事的後果！

可徐真卻面不改色，朝當今聖主躬身行禮，卻不說那祝賀的話兒，只是一臉苦澀地看著李世民，緩緩張開了雙臂。

李世民是何等人也，他自覺閱人無數，又有何人能在他面前藏掖心事？見得徐真臉色，就已然知曉事情不妙！

李淳風和閻立德早已安排了人員，見得徐真信號，點了禮炮，那炮火沖天而起，如火龍飛升一般，當空炸開漫天的烈焰火花，如朵朵綻放的血色牡丹，將整個天際都渲染成一股詭異的悲愴！

這是徐真與李淳風等人研發出來的新型禮炮，甫一出現，當即驚豔全場，諸人皆以為奇跡！

這廂血色牡丹還未消散，承天門那邊同時升起火龍來，城頭陡然燃起刺目耀眼的藍白色烈焰，那是李淳風按照徐真吩咐，提煉出來的一種似銀的粉末，燃燒起來光耀奪目！

這烈焰久久不散，火光照耀四方，城頭卻突然升起一面凹若傘面的半圓銀鏡，似乎將那火光都收集聚攏，而後折射到了太液池這邊來！

太液池上空的閣樓又同樣升起銀鏡，將那光都折射過來，卻是堪堪切合，半分不差！檯面後方假山的水車隆隆響起，將水運到假山之上，而後平鋪著傾瀉下來，形成了一道奇異的水幕！

諸人早已驚奇萬分，卻沒想到那銀鏡一轉，投射在了水幕之上，水幕之中頓時出現依稀的影像！

那影像雖然黯淡，但因天色昏暗，卻格外的清晰，只見得那水幕之上，不可計數的民眾湧向承天門，手中揮舞著各式刀劍，竟然要衝擊宮禁！

也不知誰人先醒悟過來，指著臺上的徐真大呼一聲：「大膽逆賊！」

這四個字頓時引爆全場，金吾衛和千牛衛將聖主重重包圍起來，文武百官轟然騷亂，親衛和勳衛只能強行鎮壓，任何人不得離開各自坐席！

「徐真！」

諸人又將目光都投向了檯面上，然而徐真卻面露微笑，手掌往腰間一抹，扣住一顆彈丸，猛然投擲於地，轟然冒起煙火，遮蓋了徐真身影，諸多衛士紛紛警戒，大呼小叫，兀自騷亂不停！

然則煙火散去之後，卻再不見徐真蹤影！

反觀那水幕之上，承天門的後方，翊一府的衛士衣甲鮮明，正在抵禦衝擊宮禁的亂民，又有十五紅甲格外顯眼，為首者揮舞長刀，卻正是那徐真！

全場死寂！

徐真猶如分身有術，這一刻還在檯面之上，而後消失，下一刻卻出現在了承天門那邊！

「快保護聖上回宮！快！」

李靖和徐世勣等人畢竟老道，連忙吩咐金吾衛和千牛衛，然而當今聖主的雙眸卻爆發出一股殺氣來，不願回宮躲避，而是大喝一聲：「取朕兵甲來！」

李元昌見勢不妙，再也坐不住，抽出內甲下藏納的短刃，朝那二十個舞姬大喊道：「天道有歸！殺！」

第九十六章 太液池邊天地變色

只說這君命天授不過是蒙蔽子民，當家作主的九五尊者，豈不知一將功成萬骨枯，多少人命與鮮血，才鍛造了這方四尺龍座，打江山難，守江山卻也不易，每日每夜也不知多少防範和警惕。

如今大唐國盛民強，四海平定，人人安居樂業，並無反叛的心思，反倒這些個藩王，卻是蠢蠢欲動，今日有個貪心不足的漢王李元昌，明日就會有那作蛇吞象的第二個漢王，第三個漢王！

且說李世民勃然大怒，就要親自上陣，問一問這好兄弟，何以如此枉顧了親恩聖眷，做這等遺臭萬年的惡事，然天子尊貴，又豈能親冒刀矢，更說君子不立危牆垂堂，以長孫無忌為首的一幫文臣紛紛跪求天子，莫傷了規矩禮法，所謂武功打天下，文治守江山，自成了體統，奈何要自尋破綻？

四周圍亂哄哄的叫囂，宮女宦官四處奔走，教坊的賤奴死命逃散，未被親衛顧及到的那些人兒，紛紛自求多福，卻被那二十位舞姬刺殺當場，血流滿地傷！

漢王李元昌少有上陣殺敵之時，今日成敗就看手中這柄吹毛斷髮的利刃，暴起之餘，先將那來不及撤下的禮部侍郎一刀捅了個穿，高高挑起之後，狠狠摜在地上，一刀梟首，將那西瓜大的頭顱擲於聖駕之前，霸氣難當，凶戾畢現！

李承乾和李治等一干皇子，連忙守護在聖人身前，他們身上並無寸鐵，只是以肉身築起了人牆來！

徐世勣等一干老臣都是戎馬半生的絕世戰將，只是宴會之上，不得攜帶兵刃，若說金吾衛和千牛衛以及一干親衛手中，確實有刀有劍，但何人敢上去相借？

漢王見此，越發沒了忌憚，攜帶二十位舞姬如餓虎撲入幼羊群，稍有阻擋，必殺之而後快，只顧著衝擊聖駕的方陣，身上染盡了那無辜之人的鮮血！

李明達與聖駕相距不遠，初時徐真要安插凱薩作貼身護衛，她還自覺無聊，此時見得叛亂爆發，才頓時驚覺，原來徐真卻是早有了先見！

她心憂聖人安危，既然在場文官武將不被信任，自己身邊這些個護衛女武官該是信得過的，再不濟還有凱薩這等高手在身側防護！

那水幕之上已然被血色充斥，想來承天門那邊的戰況也是極為慘烈，到了這等時候，李明達也不敢關切自家安危，朝凱薩等人喝斥道：「還不誅殺逆賊，保護聖駕！」

一干女武官都是出類拔萃的好手，但畢竟只有三五人，然大難臨頭，只能死命往前，抽了隨身寶劍，就要纏住那些衝擊聖駕的舞姬！

李靖畢竟年事已高，手腳又不利索，但一顆赤膽忠心仍舊滾燙，手中無兵刃，就操起一張胡凳，擲向了漢王李元昌！

這些個文臣只會賣弄口舌，早已被嚇得屁滾尿流，見得李靖出手，心裡不喜反怒，罵道：「這該死不死的老兒，好端端怎地去惹那魔頭，殺將進來卻如何是好！」

那李元昌也是了得，躲避了胡凳之後，果真衝了上來，只要膽敢阻擋在李世民面前的，都是可殺之人！

李靖鬚髮倒張，如寶塔一般矗立，雖手無寸鐵，然大半生戎馬，攢下這軍神的名號，渾身殺氣散發出來，堂堂威儀卻是將那李元昌給震懾了一番！

李元昌畢竟是要成大事的人，心肝都被地煞星給蒙蔽了起來，惡向膽邊生，盤了短刀就朝李靖衝殺過來！

李靖雙眸微瞇，淩厲如鷹隼，抓了一角皇旗，幡子纏將起來，當了長槍來使喚，雖力氣不濟，但角度刁鑽，那李元昌吃了刀刃太短的虧，楞是近不得半步！

這些個老臣子們見李靖拚死得了威風，暗自偷看李世民，果見得聖主雙眸爆發精芒，似乎將李靖視為唯一的棟樑高山，這些老兒自然就坐立不住，紛紛站到了李靖的身邊來，大有向李元昌示威，若想傷及聖主，必定殺盡我等臣子的悲壯勢頭！

李明達見得女武官被舞姬殺了個乾淨，心頭驚駭不已，李世民卻心繫這小女兒，也忘記了這許多顧忌，直呼其名道：「小兕兒，快過來！」

這一喊不打緊，卻是招惹了李元昌的注意，將李靖這一堆老兒交給了舞姬，自己操持了短刀就迎了過來，要殺這李明達！

凱薩不是便宜相許的人，又豈會讓李元昌得逞，雙刀施展開來，護住李明達周全，也不敢往聖駕那邊吸引，只顧著繞了檯面來周旋，李元昌相持不下，心中急迫，又大呼著讓舞姬奮死相搏！

正膠著之際，一隊士兵從太液池週邊殺將進來，為首者卻是長廠公主與已故駙馬都尉趙慈景之子，東宮率府的勳衛郎將趙節！

這隊衛士足有三百人，可解了這危難，聖主朝臣大多心石落地，然李元昌卻不見頹勢，朝那趙節大呼道：「如何才來！敢不赴死！」

諸人聞言，心頭大駭，這趙節原來竟是李元昌這廂的人手！

李世民悲切難道，仰天長嘆道：「長廠命苦，受子孫累矣！」

這趙節領了士兵，橫衝直撞，瞬間沖散了金吾衛和千牛衛的陣型，諸多親衛起初不敢輕易出擊，只守衛著聖主，等待週邊援兵，如今強敵攻來，迫於情勢，只有被動迎擊，一時間亂成了一團！

侯君集和張亮等一干老臣子也是有武藝的人，既已亂象紛生，也顧不得這許多規矩，撿了兵刃就加入戰團之中，一個個老而彌堅，卻也殺敵在前！

李元昌見金吾衛和千牛衛被沖散，聖主防禦薄弱，棄了凱薩和李明達，撿起一根金杖就投了過來！

諸多文臣手腳無力，卻也有忠勇的上前來，就要用身軀來替聖主抵擋，危急關頭，侯君集暴喝一聲，手中儀刀打落金杖，揮舞五六十斤重的儀刀，橫擋在聖人面前！

李元昌暴跳如雷，大罵一聲道：「侯君集誤我也！」

時值生死一線，也未有人深思此話之意，侯君集自家卻是警惕，耍弄了儀刀就要過來殺李元昌！

凱薩趁機帶著李明達，加入了聖駕之列，父女二人相聚，李世民死死抓住李明達，生怕被人害了這心疼女兒的性命！

兩相激戰，又不知害死了多少宮女宦官之命，那些個朝臣也是各自求生，大殺了一場，真正是慘絕人寰，那昏暗的陰霾如浸透了鮮血的棉被般，可謂天地為之變色也！

眼看著趙節這般就要殺盡了金吾衛和千牛衛，大事可期之時，樓閣上的藍白烈焰燃盡，水幕之上的影像也黯淡了下來！

花開兩枝，各表一頭，卻說徐真這邊也是苦苦支撐，這些個漢王的爪牙，與內率府的人相互勾搭，開了承天門，與徐真的翊一府將是浴血死戰！

這等改天換地的大事，徐真不敢不效死，一身紅甲早已被鮮血浸染，與十四紅甲弟兄殺了個天昏地暗，卻擋不住那潮水一般的叛軍！

這些個叛軍偽裝成尋常民眾，掩藏在市井坊間，見得承天門開啟之後，紛紛湧進也不知準備了多少人手！

好在翊一府的衛士在周滄等人的調教之下，戰力不可同日而語，監門衛的人死傷甚多，親衛勳衛也不知多少戰死，殉了節操，徐真這廂卻仍舊戰力過半，死死抵抗著，那屍身堆積在城門之下，將往日恢弘的宮禁大門，染成了煉獄通往人間的入口！

正苦苦支撐之時，東邊一聲炮響，大量內率府、左右率府等東宮親兵洶湧出來，見著叛軍就是一頓亂砍亂殺！

這為首者卻是四員甲冑重重的威猛大將，正是經歷吐谷渾大戰，得了戰功，又被自家大人提升為東宮親信的侯破虜！

他的身邊是東宮府千牛賀蘭楚石、紇干承基以及段瓚！

徐真也是大惑不解，按理說，這李元昌與太子密謀，東宮的人馬應該趁機奪了權勢才對，為何臨陣反戈，卻殺起叛軍來！

「這又是為了哪般？」

難不成太子李承乾得了自己的點撥，放棄了那謀反的心思？可就算太子熄滅了這謀反的火頭，侯君集卻不可能善罷甘休，此事背後，必定有著更大的陰謀！

眼下生死危機，也不及徐真多想，那東宮府的人馬卻似有備而來，一番衝殺，居然將叛軍絞殺殆盡，又帶了人馬，直往太液池去勤王護駕！

徐真心頭大急，莫不是這東宮殺了叛軍，是想騙了把守大明宮的監門衛？這太子與漢王終究有個先後，難不成太子還想趁機殺了李元昌，獨享其成！

若果真是如此，徐真就不能放走了這侯破虜和賀蘭楚石的東宮衛隊了！

可這些都是他徐真的揣測，若東宮之人真真是為了勤王救駕，徐真擅自阻攔，出了個好歹，他就是整個大唐的罪人矣！

正遲疑之際，侯破虜等人已經開始率隊往大明宮方向進發！

徐真莫可奈何，只能領著本部一千多翊衛，緊隨其後，做了個監督的想法，只要東宮衛隊膽敢趁機叛亂，徐真就只能拚盡了這一千多弟兄，也要將東宮之人給徹底殲滅！

第九十七章

可悲可嘆漢王元昌

古語有云：「季孫之憂，不在顓臾，而在蕭牆之內。」此所謂禍起蕭牆之出處，卻是道盡了大唐目下之窘境。

其時大唐強盛，說是萬國來朝都不為過，偏就時勢微妙，諸多藩王皇子權臣蠢蠢欲動，皆想著做一番大事。

且說這漢王李元昌趁著賀歲來朝之時，於太液池邊發動刺殺，又勾結了趙節等一干掌握些許兵權的小人，殺氣沖天，染紅了太液池，徐真依仗先見，守了承天門，途中又殺出東宮府的一彪人馬來，聯合著撞入了大明宮！

趙節和李元昌這廂正殺到緊要處，四五百人的隊伍，雖不足以殺滅金吾衛和千牛衛，但一番牽扯之下，也能夠給李元昌和麾下舞姬創造刺殺的機會！

若換了別個帝皇，說不得慌亂如麻，然而當今聖主馬上征伐，也是個超凡的武將出身，見慣了廝殺，恨不得親身上陣，又豈會懼怕這等場面，當即大喝道：「契苾猛將安在！」

契苾何力是聖上的死忠，不與那些庸俗文武官員等同，早早奪了一柄巨大金鉞，殺得逆賊肝膽俱裂，方圓無人敢近，聽聞聖主召喚，當即砍翻一名逆賊，滾將過來，大聲回應道：「契苾何力在此！」

聖主見何力滿身鮮血，好不威猛，心頭大緩，解了金玉腰帶，投擲過去，吩咐道：「愛卿自招呼幾個好人，突了出去，拿朕信物，將左右屯武軍引過來！[12]」

契苾何力放心不下聖主安危，但他也是個深明大義的人，當即接了那腰帶，就要往北門而走！

此處距離玄武門並不遠，若讓契苾何力趕到，將左右屯營的人馬都帶過來，李元昌就再無伎倆可施展，遂驅使了趙節來阻攔！

這趙節畢竟只是個雛兒，又豈能擋得住契苾何力這等猛將，那些個逆賊早已被契苾何力殺破了膽子，眼睜睜看著契苾何力如虎豹一般衝突了出去！

李元昌見攔不住契苾何力，深知時辰不多，又是驅趕了諸多舞姬來賣命，瘋狂衝擊著聖駕！

徐世勣等一干老臣拚死守護，聖人再也坐不住，從千牛衛身上拔了一柄金刀，就要上

註

12 左右屯武軍即是北門左右屯營，置於玄武門，到了唐高宗龍朔年間，才改為左右羽林軍，可以算是唐朝羽林軍的前身。

前搏殺，幸得李明達死命拖住。

張亮和侯君集等自是浴血，卻有意無意遠離了聖駕，露出破綻來，趙節的逆賊得了空當，遂大舉洶湧了上來！

凱薩的雙刀雖然狠辣，但畢竟只是刺殺的門道，在大開大合的猛將悍卒面前，多少力有未逮，左支右絀卻是勉力強撐。

李元昌混於逆賊之間，只顧將這些個逆賊舞姬推到前面去賣命，自己卻虎視眈眈，只要有那麼一絲機會，就要刺殺了聖人在當下！

正危難之時，丹鳳門外一片喊殺，步伐軍甲之聲震撼宮闕，卻是賀蘭楚石和侯破虜、段瓚三人所帶領的東宮府衛士趕將過來！

李承乾心頭大喜，忙呼喊起來，驅使手下衛士斬殺逆賊，侯君集見得自家虎子首當其衝，也是哈哈大笑，李元昌卻是面如土色，知曉自己被太子給賣了，臉色猙獰扭曲，顧不得自家生死，沒了命的衝擊聖駕！

徐真見得賀蘭楚石的隊伍開始剿滅逆賊，才安心下來，四顧一番，發現自家要緊的人都沒什麼傷亡，也是不幸中的萬幸，見得李淳風和閻立德躲藏在水幕邊上，連忙讓周滄去接應，又想起一事來，慌忙讓張久年去做。

周滄如猛虎下山，這些個逆賊又豈能抵擋，被他殺出一條血路來，非但將李淳風和閻立德給接應出來，連李靖等一干老臣都護衛得周全，可謂一夫可當萬軍之勇！

張久年到了太液池邊，覷得四周混亂，無人注意，這才到池邊來，那池水早已被染紅，因著天寒，凍住了一層薄薄的霜花，那木橋的底下，張素靈臉色白如雪花紙，卻是早已凍僵！

張久年連忙將其拉上來，用大氅包裹保暖，見得張素靈神志不清，就一聲低喝道：「姑娘快醒！主公使我來接應也！」

張素靈陡然一個激靈，雙眸頓時睜大，見得張久年面目，知曉自己得了救助，連忙將臉上易容面皮給扯下來，塞入了懷中，又將大氅裹緊，遮蓋身上本屬於徐真的翊衛中郎將軍甲，這才隨著張久年離開。

趙節深知大勢已去，招呼了殘餘逆賊就要殺出城去，還未出了門，就被契苾何力帶了北門屯營的人馬擋住，他反應不及，被契苾何力一柄金鉞連頭帶肩膀斬成了兩截！

李元昌仰天長嘆，悲憤交加，可謂梟雄末路，卻要做那臨死反撲，如噬人凶獸一般沒了命的攻擊，也該是他勇武無邊，一時之下不顧凶危，手下竟無人可抵擋！

徐真見此，生怕飛刀誤傷了群眾，雙手握了長刀就撲殺過來，沿途又砍翻逆賊數名，一條血路殺奔而來，卻被一員銀甲戰將搶了先，一槊挑向李元昌後心！

聖主見這年輕英雄氣度不凡，當即大讚了一聲：「此侯家虎子，生兒當如此！」

侯君集一直關注著聖上這邊的動靜，見得侯破虜偷襲李元昌，心頭也是大喜，然而這侯破虜畢竟只是個紈絝子，哪怕得了銀甲金槊，也是那不堪大用的朽木，經不得半句誇讚，這才轉眼之間，就被李元昌將長槊給奪了過去！
旁人不知，還以為他是專程給那李元昌送槊來的！
李元昌冷笑一聲，長槊橫拍過來，侯破虜心頭大駭，臉色都變了金箔一般顏色，好在賀蘭楚石在後協助，這才救了此子一命！
得了長槊之後，李元昌簡直如虎添翼，如那趙雲附體，不知多少金吾衛死在他的槊下，步步逼近了聖駕！
諸多皇子自是護在聖人身前，唯獨那齊王李祐，平日裡張揚跋扈，自詡有關聖武力，臨了大難卻像個沒卵蛋的廢貨，見李元昌長槊逼近，竟然將聖人的一名妃子拉過來擋死！
李元昌也是殺紅了眼，一槊刺入妃子的心胸，鮮血噴了齊王李祐一臉一身，那軟蛋子嚇得張口喊不出話兒來，襠下卻淋漓一片，醜態出了個盡！
值此關鍵時刻，侯君集奪了一桿長槍，猛然投擲過來，刺入李元昌的後腿，將這梟雄的一隻腳給釘在了地面上！
這侯君集也是個殺人如麻的絕世猛將，奪了一柄橫刀，疾行變狂奔，雙手握住刀柄，就要將李元昌的人頭給砍下來！
李世民見得李元昌已然末路無歸，卻是湧出淚花來，朝侯君集大喊道：「勿傷了我家兄弟！」
然而侯君集卻只是充耳不聞，就要梟了李元昌的首級！

長孫無忌等一干老臣沒了性命之憂，卻又做起察言觀色的勾當，不看侯君集，卻是往諸多皇子身上亂掃，這一刀即將斬下去，卻見得太子和賀蘭楚石等一干人嘴角隱約浮現笑意！

侯君集也是冷笑連連，那李元昌倏然回頭，眼眸之中卻充滿了怨恨，但這種怨恨，並不是針對聖上，而是針對侯君集等人！

眼看著就要人頭落地，斜斜裡卻是衝出一道血紅身影，狹長的刀鋒與侯君集的橫刀金鐵相接，火星四濺，正是早先被侯破虜搶佔了先機的徐真！

「好個豎子！我必殺你！」侯君集見好事被徐真阻擋，心頭暴怒，反握了橫刀，指著徐真大罵道：「徐真！難不成你要維護逆賊嗎？」

徐真將長刀平舉於胸前，長身而立，滿身鮮血兀自滴滴答答，面色卻是冷峻得出奇，眼眸半睜著，挑了挑眉，平靜的問曰：「我家聖人說殺不得，那就誰都不准動手，難不成你侯國公爺也想違抗聖意嗎？」

李明達和諸多公主嬪妃等，見得徐真如此威武霸氣，眼中盡是崇拜之色，按捺不住心中對英雄的仰慕。

而諸多浸淫官場的老人們，卻對徐真嗤之以鼻，到底還是年輕了些，不懂世故，難道聖人說不殺，就當真殺不得？

若今日侯君集違抗聖意，殺了李元昌，老臣們一個個都敢篤定，這侯君集非但不會受到斥責，反而會得到功勞恩賜，有些事聖人不方便做，更不方便說，就需要懂得聖人心思的狠辣角色來做一做這惡人了！

徐真並非不懂其中關節，他只是推測著侯君集必定與李元昌的謀反有關聯，若李元昌沒了，又如何追究下去！

而且他相信歷史不會改變，該謀反的仍舊會謀反，只是時間問題，李承乾和侯君集等人說不定就是故意將李元昌給賣了出來，給自己一個表現的機會，以他東宮今日的表現，必定會贏得聖上和諸多文武的賞識！

可如果他們趁機跟李元昌一同作亂，那契苾何力帶來的左右屯營軍，就會一個不留將他們徹底剷除！

可以說，李元昌不過是太子和侯君集的一個試水先鋒罷了，留下李元昌，他必定會將幕後挑唆之人咬出來，這侯君集和李承乾也就決計跑不掉！

徐真的想法或許是對的，也或許沒那麼複雜，但他到底是救下了李元昌，可李元昌並不承他的情義！

見得徐真露了後背，這李元昌忍痛將小腿上的長槍給拔了出來，反手刺向徐真的後腰！

凱薩距離並不遠，她又不是那勾心鬥角的官僚，全副精力始終集中在徐真的身上，替徐真看顧著四下情勢，當即將手中短刃投了過來，李元昌的槍尖還未碰到徐真的身子，三根手指就被凱薩的短刃給磕斷！

徐真猛然回頭，卻見得李元昌如猶鬥困獸一般衝向李世民，大有不死不休的勢頭！

李世民悲痛萬分地哀嘆道：「七弟緣何如此絕情無義！痛煞你家哥哥也！」

李元昌血淚滿面，用長槊指著當今天子罵道：「休要假仁假義，你殺大哥和四哥的時候，怎不說絕情無義！准你殺自家哥哥，就不准我殺你報仇！全天下就你李世民夠當這皇帝嗎？」

李世民最忌諱被提及的就是玄武門之變，被李元昌當眾以此事來辱罵，臉色頓時鐵青，有口也難以辯駁！

李元昌見罵著了李世民，用長槊支撐著身子，哈哈大笑，仰天嘆曰：「生當作英豪，縱馬長歌求不老，切莫假仁假義自詡清高，來來來，都與本王人頭下酒，某下了幽都，再穿龍袍！」

血色陰霾重重低壓，偌大太液池邊，戰鬥早已結束，所謂逆賊，只剩李元昌兀自傲立，拄著長槊，滿身是血，看他身影，似比那皇城樓還要高！

李世民想要再說些什麼，旁邊卻吃了癟的侯破虜卻得了自家父親的目光暗示，趁著李元昌不備，抽出腰間橫刀來，猝然暴起，一刀將李元昌的頭顱給斬落在地！

也該是天可憐見，此時大雪紛紛飄落了下來，開始掩埋著如花綻放的血色，遮蓋著皇家的宮殿，長安城的坊間正在慶祝新年，對皇宮的劇變卻一無所知，就好像這一切從未在這方世界發生過一般……

第九十八章

三仙歸洞萬紀橫死

豈不聞一人得道雞犬飛天，又說覆巢之下安有完卵，謀定天下者，可謂一榮俱榮，一損俱損，免不了禍及家人。

戰國策中觸龍名篇有云：「此其近者禍及身，遠者及其子孫。」今漢王李元昌謀反授首，妻子盡沒籍貫，除了國封，但有朝宴之日見識李元昌英雄氣概者，聞之無不嗚呼哀哉，唯有那坊間民眾，不明所以，四處傳揚，只顧咒罵李元昌的不忠不貞不義。

且說聖主李世民痛心疾首，三日未能上朝，諸多國事則交給太子李承乾，並任命長孫無忌在旁輔佐監督。

有眼之人都看得出來，此舉乃重新啟用東宮之人，往日朝堂之上紛紛攘攘欲推了太子下臺，今番卻讓李承乾又坐穩了這東宮席位。

許是聖主多疑，長安城防又整肅了一番，命死忠契苾何力為領軍大將軍，統轄南北衙諸多禁軍，太子李承乾的東宮內率府軍則領銜內皇城的監管，侯君集父子等一干死戰忠臣，皆有封賞。

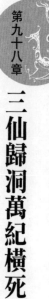

此番突變就如同那天上風雪，來時疾驟，去時也不多留，然有心臣子慢慢回味，卻發現疑雲重重，先是翊一府中郎將徐真，如未卜先知一般，早早佈置好了詭異而新奇的水幕，就似要讓當今聖上目睹這一切變故那般。

也有人買通了內宮宦官，得了確切的消息，說是聖人私自召見了徐真，單純問起此事，徐真卻推說並不是先知先覺了這場陰謀，只想著讓聖人看看三府衛士如何盡職盡責地捍衛皇城，卻沒想到撞上了這場變故云云。

聖人不置可否，徐真也再無多言，再論李承乾的東宮府衛士出動時機太過巧合，未必不是有備而來，加上侯君集父子又狠辣將李元昌給殺了頭，這其中雖有替聖人分憂，卻未嘗沒有殺人滅口的嫌疑。

總之是人人心懷鬼胎，暗流洶湧，分不清個好歹來。

更讓人匪夷所思的乃是徐真在宴會上那如同神跡一般的分身瞬移之神通，如今非但朝堂傳揚，甚至連坊間都有所耳聞，若說這年末的風光人物，也當屬這徐真，無人能及一二也！

經歷了這等大事，新年也就變得沉悶了許多，起碼這皇宮大禁之中，是暮氣沉沉，諸多內人嬪妃等，也不敢放肆了玩耍，文武百官偃旗息鼓，都在等著聖人表態。

聖人勤政，日理萬機而不安臥，連高祖駕崩之時，也只有守孝才不上朝，剩下也就唯獨長孫聖皇后仙逝，以及晉陽公主李明達猝然而薨，此三者無一不體現了聖人重恩情的至真脾性。

雖說李元昌倒行逆施，但聖人心中哀切，為了安撫群臣，各有封賞，今次又唯獨徐真不賞，又將徐真之名推上了各家謀臣的案几面上。

或說徐真擋了侯君集，到底觸動了聖人的心思，又說徐真早已知曉李元昌圖謀，卻按下不報，卻是賣弄自家詭異之術，徒喪了諸多人命，變著花巧來謀功利。

眾說紛紜，也就只能等待聖人上朝來分曉。

徐真自問無愧，與諸多家將在神勇爵府聚會，又有李靖等一干老臣的通事悄然而至，慰問徐真相救之恩，李淳風和閻立德等儼然成了徐真的擁躉，三天兩頭往神勇爵府跑。

未免他人閒話，府邸之中倒也低調，不敢聲張，只是開放了後院，大家圍爐賞雪喝些新綠小酒，怡情養心而已。

雖是如此，但美酒入了口，少不得吟詩行令，作一番附庸風雅，在座卻是武夫居多，少了興致，反倒是李淳風癡迷陰陽，硬拉著徐真要占卜一卦。

徐真不動聲色地瞄了張素靈一眼，心裡卻想著，那事兒的時辰差不多也該到了，不如就給這妮子一個小小驚喜，也算賜了她在冰水之中浸泡幾近一個時辰的恩賞。

若沒有張素靈，徐真又如何能夠施展著分身有術，震驚了朝野的通天異能？再者，如此神奇的伎倆，說不得今後還需驅使，卻是一定得留下了這張素靈來。

念及此處，徐真笑著對李淳風說道：「李兄既有此意，小弟也不敢推辭，李兄精通數科，想必也精通奇門遁甲、六壬、太乙，今日徐某就班門弄斧，排上一局，只望李兄不要見怪。」

李淳風聽聞徐真道出這幾門科學來，心頭大喜，雙目放光，撫掌稱善曰：「如此甚好！甚好！」

這徐真也是假惺惺的做戲，心中對奇門遁甲之術並無鑽研，只是通曉些許粗俗皮毛，騙了在座各位的歡心，但李淳風卻是宗師，未免走漏了破綻，卻又改口道：「今日宴會，也不曾備得些許方便道器，不若某臨時起意，來一場活局，諸位意下如何？」

諸友見徐真眼角含笑，也不知這活局是怎生玩耍，心中興致頓起，紛紛附和，徐真也不含糊，取來兩個小碗，倒扣於案几面上，手裡拈了三顆豆子並排擺於碗前，這才環顧四下，緩緩解釋道。

「此局名為三仙歸洞局[13]，規矩簡約，只需各位猜中碗中豆兒，徐某自當封上個彩頭，諸位摯友也圖個樂子，結局自然有個占卜卦象的說法，卻留個懸疑念想。」

徐真說得隱晦，眾人趁著興致，也都勃勃然躍躍欲試。

註

13　三仙歸洞乃中國古典戲法，來源不甚明朗，有說是本土發明，有說傳自印度，在國外稱之為三杯球，有多種玩法。

卻見得徐真翻開左右兩隻碗兒，以示清白無物，再將碗兒扣住，拈了一顆豆放在左手心，朝左拳吹了一口氣，作勢往左邊碗兒虛空一丟，只聽得輕微碗響，再攤開之時，手中豆兒卻是不見了！

徐真大方攤開了雙手來，戲笑著道：「某若說這左右之中，必有一隻碗兒有豆，何人敢來賭一賭？」

摩崖乃箇中好手，早先聽說徐真要耍弄三仙歸洞，興致寥寥，然見得徐真開頭卻不按常規，別致生面，也提起了興趣。

似周滄這等直腸子，雖見識了徐真諸多詭異之能，卻心思純真，嘟嘟囔囔道：「某家主公又做那街頭騙弄的神事，這碗兒明明空白，你又不是手眼通了天的地仙活神，難不成還作得個無中生有？不好說趁我等眨眼，將那豆兒給吃了，卻說些古怪話兒來逗我們一幫弟兄！」

諸人見周滄說得有趣，也是哈哈大笑，然李淳風最喜這等怪事，盯著兩隻碗兒端詳起來，又有閻立德自詡耳朵順風，聽得是左碗響動，二人竊竊著就指明了左碗。

摩崖暗中搖頭，幻術之道自是聲東擊西，施展些掩人耳目的手法來，若左碗響動，豆子必定在右碗之中也！

徐真有意無意掃了摩崖一眼，雖說是行家看門道，他卻只是笑而不語，挽起手袖，揭了左碗，果真不見那豆兒！

摩崖心頭暗喜，雖開頭驚豔，但徐真終究還是脫不了這窠臼，此術乃幻人必修之門道，縱然再多奇思妙想，也玩耍不出太多新花樣來，這摩崖老兒也未免有些可惜可嘆。

李淳風和閻立德自是懊惱又驚奇，周滄又在呼呼叫叫，篤定了徐真將那豆兒給吃了，周遭諸友也催著徐真揭曉右碗，徐真卻是呵呵一笑，又拈起一顆豆兒來，虛空一丟，那豆兒又消失了！

摩崖再次心驚，這空手消物的本事也需要苦練，但似徐真這般輕巧，卻不知吃了多少苦頭，徐真年不過三十，卻有如此手段，也足以引了這老人的敬佩了。

按說此時當時右邊碗中有了兩顆豆子，徐真卻還未揭曉，將第三顆豆兒也丟了一把，到了這時，三顆豆子都不見了蹤影，案几上孤零零一個右碗。

這眾目睽睽之下，左碗已經揭開，若豆兒不是徐真吃了去，定然全數在右碗之中矣，卻又見徐真將左碗輕輕扣了起來，這才讓諸人猜測豆兒都去了哪裡。

李淳風等人心中難免不快，如此明朗的局勢，只要眼珠子沒黑掉的人，都該知曉右碗必定有豆，亦或者真如周滄所說，三顆豆子全進了徐真的嘴了。

徐真卻是深沉一笑，請了摩崖老人一番，說道：「不如老上師替我揭了這碗兒如何？」

摩崖本有計較，這三仙歸洞有諸多玩法，講求手快和口舌搭配，若按徐真的走勢，右碗兒必定一顆豆兒也沒有，全數又回到了左碗之中，是為歸洞之意。

但他見徐真目光別有深意，心裡也有些遲疑，遂率先揭了左碗，想要驗證一番，若真破了徐真的局，他摩崖也當得起這名聲來，可沒想到的是，左碗兒揭開之後，卻一顆豆子都不曾見到！

摩崖心頭一緊，知曉徐真將這門子玩出了新意來，猛然揭了右碗，果真還是不見豆子！

周滄見得此景，哈哈大笑道：「某早先就說過，爾等又被我家主公玩耍了一遭去，哈哈哈！」

這張久年和李淳風之輩都是有心計的人，想著徐真不會如此無聊，用如此低劣的手段，再者，誰曾見得他將豆子丟入口中？若非如此，豆子都去了哪裡？

張素靈也是第一次如此親近地看著徐真演戲，總覺徐真一舉手一投足都有著神秘的涵義，正出神思想著，卻感受到徐真投來笑容，心裡一慌，連忙低下頭去，這不低頭也不打緊，一低頭卻發現自己裙裾之間落了個小香囊！

心頭似有所悟，張素靈連忙打開了那香囊，卻發現其中正好有三顆豆子！

摩崖見了張素靈從香囊取出豆子來，慌忙探手入腰間，果真不知何時多了一個香囊，卻又是三顆豆子！

諸人心頭激蕩，各自搜索藏物之處，果真人手一個香囊，其中都有豆子，卻不知徐真何時栽在諸人身上的！

周滄那豆子卻更要緊，乃是藏在他的鞋底之中！

李淳風喜愛典籍，一個小書袋從來不離身，此時探手入其中，果真又得了豆子香囊一個，卻問起徐真：「此局又做何解？占卜個什麼卦象？」

諸人連忙矚目過來，徐真卻整容嚴肅道：「此卦乃凶空之象，主兇險盡去，諸多弟兄必得福緣矣，若窺視不差，半月之內，必定有驚無險，弟兄幾個盡數得了封賞！」

徐真說得逼真，諸人也不敢當玩笑話來聽取，只有周滄大咧咧笑道：「主公也是一個亂街裡摸娘子的好手，趁了我等不備，偷偷塞了豆兒來戲耍，卻是裝著來騙咱們，圖個吉利話兒，哈哈！」

諸人也懶得理會周滄，自顧思量徐真話中之隱意，凱薩卻是偷偷跟徐真眉來眼去，其中多有玩味，暗笑不已。

張素靈也是個七竅玲瓏心，知曉徐真不會無的放矢，遂大膽離席，正色問曰：「主公，何以諸人皆是白豆，偏生奴家的是紅豆？」

閻立德也是個妙人，當即打趣道：「許是你家主公對你動了心意，今夜讓你紅被侍寢暖榻咧，哈哈！」

諸人也是哄然大笑，張素靈在教坊之中什麼場面沒見過，啐了一口，只顧盯著徐真的眸子。

徐真也是灑然一笑，而後正視著張素靈道：「此紅色說妳將要報仇雪恨矣！」

張素靈心頭一凜，諸人也是寂靜了下來，正當此時，府中小廝卻是慌慌張張來通報，說是朝廷來了人，徐真幾個慌忙迎了進來，卻是一個來傳詔令的黃門小侍郎。

這小侍郎也不敢在徐真面前賣弄權力，又見有閻立德在場，禮畢之後，朗聲傳道：「昔宮廷有變，弱奴兒李祐膽驚心怯，以朕之愛妃擋死，行為無端，不為人道，朕甚是痛心，賜治書侍御史權萬紀而諭之，仍以祐前過，敕書詰誡之，期盼飭躬引過，佑聞萬紀勞勉而獨被責，以為賣己，意甚不平。」

「萬紀性又褊隘，專以嚴急維持之，城門外不許祐出，所有鷹犬並令解放，又斥出君謨、猛彪，不許與祐相見。祐及君謨以此銜怒，謀殺萬紀。會事泄，萬紀悉收系獄，而發驛奏聞，祐大懼，俄而萬紀奉詔先行，祐遣燕弘信兄弘亮追於路射殺之。既殺萬紀，君謨等勸佑起兵，乃召城中男子年十五以上，偽署上柱國、開府儀同三司等，形同謀反，特召文武百官入朝，共商討剿，此敕！」

黃門侍郎傳令完畢，諸人卻是驚駭在原地，皆以徐真為活仙也！

張素靈雙眸怔怔，終究是滾了淚水出來，口中喃喃道：「這奸賊權萬紀，終究是死了！」

徐真又將黃門侍郎好生送將出去，免不了一番禮數，李淳風見那雙碗兒倒扣，又是揭開了，卻見得左右碗兒皆有三顆豆子安在其中，頓時倒抽一口涼氣，諸人對徐真更是心服口服！

第九十九章 徐真受封齊州平叛

這開年新春之際，多有喜慶洋溢，然宮廷之中卻是愁雲慘澹，先是漢王李元昌於太液池邊行刺，聖主還未安穩下來，又傳來齊王李祐舉兵謀反於齊州（今山東濟南），真真是痛煞了龍體。

然茲事體大，若無妥善處置，諸多藩王皇子皆以為有機可趁，則天下必定大亂矣，又有李明達和李治稱孝，伴隨君側以寬慰，聖主終於是召見文武來議事。

卻說徐真剛剛升了翊一府中郎將不久，太液池案子又發，徐真守衛宮廷乃大功一件，只是李世民還需考察，故而未來得及定下封賞來，畢竟升遷太快，對徐真這等少年人而言，並非好事。

本欲將宮禁守衛的重任分擔些許，以權衡契苾何力和太子之間的衝撞，今番李祐舉了事，卻又想讓徐真奉命去平叛了。

侯君集父子征討吐谷渾有功，又於太液池有過人之表現，也是今番平叛的上佳候選，李道宗、張亮等一干老臣也是忠勇可期，諸如契苾何力等死忠，更是不甘人後，紛紛請纓。

李世民不愁無人可用，心中卻是哀嘆不已，他自問寬仁愛民，這國家也治理得強盛喜人，為何這些個親人反倒背離己心，多做這等大逆不道之事？

有了李元昌的前事，諸多臣子也不敢多做諫言，只有侯君集等少數資格老臣出列來奏，必定要剿清了齊州地界，否則人民之心不穩矣。

聖主兀自撫額沉思，久久不能言，朝堂之上也是死寂沉沉，可謂君心難測也。

過得這許久，聖上突然抬起頭來，帶著些許疲憊道：「今日暫且散了吧，眾愛卿可商量個結果，明日獻上來。」

此事關乎皇家內情，聖人又重視親情，諸多文武不敢輕易下定論，也只有守候聖人旨意，豈能胡作非為，聽得散朝，如蒙大赦，可剛剛要恭送聖駕，卻見得聖人停留了下來，聲音不大，卻震得整個殿堂人心嗡嗡！

「徐真可在？」

文武百官聽得聖上臨走還親自點名道姓，心頭也是發緊，心想著聖上這回可是要表態了，這久久不封賞的徐真，終究是要上得檯面來！

徐真雖得了官職爵位，但也沒有個坐位，仍舊在殿門附近站著守候，聽了聖上問候，連忙躬身上前，行禮於丹墀之下。

「臣徐真在此，恭聽聖諭！」

李世民皺了皺眉頭，隨意擺了擺手道：「免了這等俗禮，且隨朕進來。」

諸多文武心頭凜然，這私自召見臣子也不是稀罕的事情，可當著百官的面兒召見徐真，卻是莫大的尊榮了！

李世民入了內殿之後，自有宦官引了徐真，入了甘露殿，來到了御書房之中。

這可是徐真第二次來到御書房，其時御桌一堆散亂，顯是聖人因漢王之事，傷透了腦筋，卻讓人見得這千古帝王不為人知的溫情一面。

徐真已然沒有了第一次見駕的驚懼，卻仍舊深埋著頭，不敢直視聖人面目，待得內宦都打發了出去，聖人才幽幽坐了下來，抬頭就問道：「徐卿以為此事該當如何？」

徐真也不是愚蠢之人，只知少說少錯，但見得聖人面色坦誠，故而也放肆了一回，將自己心中想法都說了出來，卻也是符合史料記載的言論。

「臣身份卑微，本不該僭越說話，但聖恩隆重，豈敢不為聖主分憂，故而斗膽建議，此事當威震於外，而懷柔於內，可驅使周圍府兵一併平剿，消了諸多異心，至於齊王殿下……我家聖人重視親人，該是網開一面，免得寒了人心，讓這些個皇親個個心裡驚駭陛下，如此才能家國兩全……」

李世民其實心中早有定義，只是想看看這偌大朝堂之中，是否真無一人敢言，念及已故魏徵，心頭又是一陣淒涼，聽聞徐真大膽執言，心頭不免喜悅。

「愛卿說的甚是，既如此，朕欲使侯君集領兵往剿，愛卿以為如何？」

徐真既然將話說開了，也就決意說到底，躬身回應道：「臣以為不妥……」

李世民微微訝異，卻又嘴角浮現笑容來，指了指御桌邊上的胡凳，以示意賜坐，假裝隨意地反問：「有何不妥？」

徐真謝了恩，沾了半邊屁股坐下，這才正色分析道：「時值太液嘩變，長安不甚平穩，侯國公位高權重，又有果決，自當留守京都，輔佐東宮，易安民心……」

李世民皺了皺眉，甚至前傾，直視著徐真道：「此非愛卿心中之意吧？莫不成朕就這般好欺騙？」

徐真慌忙滾落座位，也顧不了這許多，將心中想法說道了出來：「陛下贖罪！臣並非不敢言說，只是怕落了個背後說道是非，坑害好人的名聲，陛下但有怪罪，徐真也是認了下來！」

李世民不禁莞爾，點了點徐真的額頭道：「起來說話，恁地如此不經嚇唬，吾賜你無罪，且將心頭話兒都說了出來，豈不快哉？」

徐真慌忙起身，卻是不敢再坐，咬了咬牙，支吾著說道：「臣……臣是怕侯公爺重蹈覆轍，錯殺了齊王殿下……故認為此舉……此舉不妥……」

李世民想到漢王李元昌被侯家父子斬了首，心裡也是一陣悲涼，覺著這徐真也算是體貼聖意，離了座位，慢慢踱過來，卻是將手按在了徐真的肩頭，將這四品小郎將壓得坐實了胡凳。

「既如此，契苾何力死忠於朕，遣之必不辱命，可也？」

「契苾何力將軍統領北衙禁軍，看守宮廷大禁，輕易離不得！」

「那老將軍李靖可否？」

「衛國公年事已高，怕是經不得勞頓！」

「鄅國公張亮如何？」

「恕徐真不敬，張亮大爺文治尚可，武功實在不行……」

「哈哈哈！你膽子可是越來越大！好！你倒說說，朕該派何人前去？」

徐真見李世民心頭大快，終於安心下來，眉目一轉，卻又賣了個關子，訕笑道：「聖人其實早已決定了心意，又何必為難小人……」

李世民這次是真的開懷，覺著徐真有趣，就逗笑道：「都說徐卿有未卜先知的心眼通，想是已經窺到了朕的心意，不如你我將候選之人寫於掌中，也讓朕看看徐卿是否真有預知先見之力？」

李世民本以為徐真又要來滾地告罪那一套，沒想到這次徐真卻微微昂起頭來，朝李世民點了點頭！

拈起御書桌上的朱筆，李世民先在自己掌中寫了一個字，又將筆賜予徐真，後者雙手奉接，偷偷掃了聖人一眼，正好撞見聖人含著笑意的目光，咬牙在掌中寫下一字來。

二人目光相接，李世民輕輕點了點頭，同時攤開手掌，掌中所書，竟果真是同樣的一個人，只是聖人所寫，乃是徐世勣本名的「績」字，而徐真忌諱，則寫了個李勣的

「勣」[14]。

李世民哈哈大笑，輕輕拍了拍徐真的肩頭，好生寬慰了一番，這才命人送了徐真出去。

待得徐真出去之後，李世民安靜下來，周遭無聲，心頭又沉重起來，只覺著這天下偌大，卻無人與自己真心說話，好生寂寞，可謂高處不勝寒是也。

其時朱筆在握，乾脆坐了下來，親自寫了一封詔書，等待隨軍發給那舉事謀反的齊王李祐。

攤開紙來，回憶過往溫情，不由動容寫道：「汝素乖誠德，重惑邪言，自延伊禍，以取覆滅，痛哉何愚之甚也！為梟為獍，忘孝忘忠，擾亂齊郊，誅夷無罪。去維城之固，就積薪之危；壞磐石之基，為尋戈之釁。背禮違義，天地所不容；棄父無君，神人所共怒。往是吾子，今為國讎！」

字行未得完整，卻已是痛哭流涕，哀慟不自禁。

翌日朝議，未等文武百官上表，聖人就頒佈了旨意，命兵部尚書李勣為總管，發懷、洛、汴、宋、潞、滑、濟、鄆、海九州府兵，討伐平叛，刑部尚書劉德威輔為書記。

諸多官員昨日罷了朝，也是各自糾結起來商議妥當，聖人此舉並不出人意料，然而接下來的任命，就真讓人有些意料之外卻又情理之中了。

都說五府衛士官職雖輕微，但必得重用，乃升遷必經之途，這徐真才當了翊一府中郎將不久，得了太液池一變的功勞，終於是得了重用！

雖不知聖人私自召見有何因緣，但從徐真今日所得封賞來看，徐真已經開始踏上天子門生的道路了！

從四品下的翊一府中郎將，提拔為正四品上的上府折衝都尉，雖只有一級，但從內禁到外軍，手中權柄卻是天地之別！

而為了表彰徐真太液池之功，其爵也從神勇子爵，提升到了神勇伯爵，這徐真此時年紀也只有二十五、六，就封了伯爵，仕途可謂坦蕩無比了！

從徐真的封賞，諸人就可以看得出來，這是要徐真隨著李勣去平叛，讓這位英國公來培養徐真了！

這九州府兵一起出動，李祐的齊州又如何能抵擋，聖上這分明是要將偌大的功勞，平白送給徐真，用齊州來給徐真練兵啊！

一干老臣已然敏銳的嗅聞到，說不得聖人過後的大動作，是要用上這徐真了！

註

14　李勣就是徐世勣，因功高，賜姓李，改為李世勣，又因避諱李世民的姓名，去了個「世」字，後稱李勣。

第一百章 群獠密謀張亮受驚

豈不聞高祖李淵曾言：「徐世勣感德推功，實純臣也。」又有當今聖主李世民評曰：「參經綸而方面，南定維揚，北清大漠，威振殊俗，勳書冊府，當今名將，唯李勣、李靖，古之韓、白、衛、霍豈能及也！」

二主一言道盡李勣之忠勇，乃朝臣之典範也。

英國公李勣自拔於草莽，初投翟讓，後隨蒲山公李密，大敗王世充，固守黎陽倉，奇計打退宇文化及，奈何李密提拔不起，又敗於王世充，被迫降了高祖，而後隨仍是秦王的李世民四處征伐，平王世充、滅竇建德、伐劉黑闥，為大唐之建立，立下不世不朽之功績。

其知人之明，重情厚義，常能以義藩身，又與物無忤，遂得功名始終，今又得了聖主差遣，必不辱使命，與徐真、劉德威收拾了人馬，直奔齊州而走。

既深明聖意，沿途少不得煽風點火，宣揚聖人之恩威，又吹噓齊王李祐之不忠不義不孝不仁，尚未到得戰場，早已得了唐境之人心，皆以為聖人師出正直，李祐必死以祭國也。

其時李祐新殺權萬紀，心知歸順無望，反而背叛到底，召城中男子年十五以上為兵驅使，又偽署上柱國、開府儀同三司，開官庫之物以行賞，驅百姓入城，繕積甲兵。

這李祐不知死活，每夜引了燕弘亮等人對妃宴飲以為樂，嬉笑之空當，談及官軍，那不要臉皮的燕弘亮卻說：「吾主不須憂也！某右手持酒而啖，左手刀以拂之！」

李祐對這弘亮又妄信，聞之甚樂，每日在城中戲耍玩樂，全然不知大難即將臨頭了來。

且說徐真對李勣恭敬十分，沿途每日問道，又勤求兵法，李勣向來無私，對徐真又青睞有加，也不藏私，傾囊相授，見得徐真神火營傾巢而出，「真武大將軍」火炮威猛十足，只看那火炮，就知吐谷渾之戰是何等驕傲，對徐真的頭腦也是讚賞不已。

這李勣為官多年，最是圓滑，懂得人情，不免對徐真傳授了一番，教他些許廟堂上的心計手段，可謂盡心盡力來栽培，徐真不敢忘恩，越是勤奮伺候求教，這一路上竟然養出了些許師徒良友的情誼來。

徐真討巧喜人，初時為李靖所不喜，然最終還是得了衛國公的賞識，今次與英國公李勣相見恨晚，卻沒有初遇之時的隔閡，自然是心情舒暢到了極點。

這日集合了九州府兵，即將對齊州用強，晚間紮下了營寨來安排，中軍大帳之中挑燈議論妥當，諸將心頭雀躍，蠢蠢欲動，皆要拿取首功。

徐真得了李勣的為官之道，自然不敢與同僚爭功，只將了神火營在後方，以便攻城所用，一切安排妥當之後，徐真不免心掛長安的形勢。

早在離開之時，他就與晉王李治見了一面，推說自己夜觀天象，煞星漸漸明朗云云，暗示太子將反，讓李治多了一個防備，又將凱薩仍舊送入到淑儀殿之中，貼身保衛李明達，與張素靈好生交代囑託了一番，這才安心來了齊州。

張素靈既知仇賊權萬紀暴死，才曉得徐真果有先見之明，了卻一大樁心事，遂定下了忠心，執意跟隨徐真，不再有三心二意。

其又得了徐真囑託，私下以徐真的名義，給契苾何力傳遞了消息，使得北衙門諸多禁軍好生防範，不敢有所懈怠。

這日正值新春小雪紛飛，張素靈改頭換面，作了徐真的模樣，與摩崖一同潛入了東宮府千牛賀蘭楚石的府邸之中探聽消息。

四處無跡可尋，二人正準備打個退堂鼓，也該是老天有眼，卻碰到紇干承基鬼鬼祟祟進了府邸來，由一名通傳小廝引著，帶入了後院的密室之中！

摩崖提點張素靈，放輕鬆了手腳，踏雪無痕就跟著紇干承基，來到了後院，卻見得侯破虜等一干小人都在場，似在密謀大事！

這府邸也是深沉，二人畢竟是賊人的身份，也不敢太過靠近，傾聽得不甚清晰，但見幾個小人一副要死的樣子，想來必定是在密謀再次逼宮之事了。

臨走之時，徐真曾下了斷言，東宮必定會趁著李勣和徐真外出平叛，開始籌謀自作自受的忤逆之事，起初張素靈和摩崖等人自然不相信，可每日偵查之下，果真見著了蛛絲馬跡，越發驗證了徐真的箴言。

誰能想到，漢王李元昌剛剛刺殺，齊王李祐又是趁機殺了朝臣以舉兵謀反，如此節骨眼上，新獲賞識和大功的東宮，居然會蓄意圖謀不軌？

此出其不意的動機，必出自於侯君集，只是此人精明奸詐，從來不上得台前來，只在幕後作那搖扇的運籌，卻是捉不到他的任何把柄。

張素靈和摩崖也是心急如焚，卻又無計可施，正踟躕之間，陸續又來了幾位大人物，其中不乏駙馬都尉杜荷等熟悉面孔，連那鄖國公張亮，都帶著養子張慎之前來，看來這次是傾巢而出了！

見得張亮前來，張素靈頓時眼前一亮，因則徐真臨行之前，曾囑託與她，想要緩解這東宮之變，關鍵勢必在於張亮身上，她初時還不敢相信，如今親眼所見，卻由不得不信了。

二人尋不到竊聽的空當，只能守在週邊，見得諸人深夜離去，這才悄悄跟在了張亮與張慎之的後頭，一路到了張府。

且說這張亮當初受了徐真的警告，對此事本就心中惴惴，眼看著約定之日即將來臨，心裡也有些擔憂，驅散了迎接的奴僕，隻身留在了書房之中，那張慎之也是個膽大妄為的人，久不得與張妻李氏苟且，看準了這空隙，就鑽入了李氏的內房之中，不多時就傳出那等羞人的醃臢聲響來。

張亮秉燭夜思，心頭兀自不安，總覺得冥冥之中有雙眼睛在窺視自己，遂焚了香火，叨叨絮絮地崇拜著無名邪神，正緊張之時，燭火一陣陣搖曳，陰風從窗外而來，書房的門戶居然被吹將開來！

張亮自以為神靈有驗，扭頭看時，卻是頭皮發麻，驚嚇出一身冷汗來！這門口站著的，並非天上的神靈，而是此時該在遙遙千里之外的徐真！

張素靈得了徐真的指點，易容之後與徐真相似萬分，幾可亂真，加上燭火黯淡，這張亮與徐真也只不過數面之緣，又豈能辨認得清楚！

他早已將徐真視為祆教神師，如今徐真本該在千里之外的齊州平叛，卻硬生生隨著陰風入了自己的書房，揉搓了雙眼之後，門口的徐真並未消失，張亮才知曉來者果真是徐真也，當即強顏鎮靜問：「神師深夜造訪，所為何事？」

張素靈也是有模有樣，摩崖又在門外放了些許煙霧，真個兒將張素靈襯托得如那超凡脫俗的得道神仙一般！

張素靈見張亮慌亂，又想借了他的口，套取東宮的消息，故而照著徐真的囑託，指著張亮怒叱道：「汝深受浩蕩皇恩，如何敢做出這等觸犯上天的事情來，就不怕因果報應嗎？」

張亮聽了張素靈的叱責，以為老天長了眼，將他們的秘密都給竊聽了去，直以為徐真受了天意才降臨到此，心頭不免叫苦連天道：「此番苦矣！」

事到如今，張亮也無法再堅持，在張素靈的連番震懾和追問之下，果真將東宮謀反的詳情都傾倒了出來，張素靈又按著徐真的吩咐，假模假樣地指點迷津道：「張亮，阿胡拉既使得我前來，自是要放你一條生路，如今懸崖勒馬，卻足以扭轉了局勢，對你而言，是福非禍也，就看你如何抉擇了！」

這張亮本就是個蛇鼠兩端的田舍奴，聽了假徐真的指點之後，當即明悟開來，顫聲道：「神師是想讓我告發以求自保？」

張素靈冷哼一聲，故作神秘，卻是一言不發，借著摩崖製造的煙霧，翩然而去，只留下錯愕的張亮，呆立於原地。

摩崖將張素靈接應了下來，二人連忙回府商議對策，而張亮沉思良久，又有風來，一下子就將那蒙蔽了他雙眼的陰霾給吹開去了！

他省思過往，又想著徐真的話語，終於咬了咬牙，提筆寫起表章，將諸人所謀之事，一五一十全部都描述下來，不日將告發到聖人那處去也！

這一寫就是大半夜，將表章好生收了起來之後，他才回房休息，未曾想路過李氏臥房，卻聽得裡面傳來竊竊私語，側耳一聽，竟是李氏和張慎之卿卿我我，間中還商議著如何鴆毒了自己，妄圖取而代之云云！

張亮正是心又不軌，這才蓄養了諸多義子，如今事情已經被徐真神師知曉，他又下定了決心要告發到聖人那處，想著多年來的籌謀，未免心灰意冷。

想起為了這等目的，不惜讓李氏敗壞了自己名聲如此之久，容忍這苟且男女不斷噁心自己，心中頓時憤怒起來，回到練功房，將自己的寶刀取了下來，奪入李氏房中，將還在李氏肚皮上歡樂的張愼之一刀梟了首！

那李氏正在享受人間歡愉，沒想到房門突然被撞開，這還未反應過來，張愼之的頭顱已經滾落到她的胸懷，熱血噴了她一身！

畢竟是婦道人家，如何見識過此等血腥，李氏當即嚇出了失心病來，終究落了個報應惡果。

花開別枝，且說摩崖和張素靈回府之後，也是緊張籌謀起來，因則張亮透露，諸人已經將行動路線時辰和排布都寫就了密信，交到了東宮太子手中，這逼宮謀反的時日卻是迫在眉睫矣！

第一百零一章

承乾謀反帝君決斷

且說張素靈和摩崖商議良久，也得不出個所以然來，畢竟少了徐真決策，許多事情也不好下定論，遲疑些許，終究是由張素靈到淑儀殿去找上了李明達。

此乃無奈之舉，那些個宮人見得假扮之後的張素靈，皆以為徐真從齊州趕了回來，連忙開了殿門，讓徐真進了淑儀殿。

李明達有凱薩貼身護衛，倒也周全，只是整日憂慮掛念幾個哥哥之間的事情，小丫頭成熟了不少。

聽說徐真來訪，李明達既驚喜又錯愕，連忙穿戴整齊，出來相見，見得這位徐真的手指上並無扳指，心頭怪異的感覺又湧了上來，不忍問道：「你……真的是……是我徐家哥哥嗎？」

張素靈見左右只得凱薩一人，又想起徐真囑託，必要之時可對李明達坦陳實情，又不忍直視李明達的幽怨之態，故而從容揭開了面皮，露出本來的秀美可人面目來，愧而解釋道：「奴乃主公替身爾……」

李明達小嘴微張，錯愕在原地，想著徐真哥哥該在齊州平叛，又怎能回來見面？一想到徐真居然連她都騙，眼眶不由濕潤起來，憤憤地罵道：「該死的挨刀大騙子！」

此話一出，又想起徐真說不得已經上了戰場，話兒未免不吉利，又捂住了自己的嘴巴，自顧自的委屈起來。

張素靈也不想看到李明達的女兒姿態，將徐真先前所遺留的囑託都告知李明達，並將自己和摩崖竊聽所得，一概傾訴。

李明達也是個深明大義的女孩子，知曉事情輕重緩急，先拋開了男女私情，又開始擔憂自家哥哥作那殺頭的勾當，頓時手足無措來。

聽張素靈說起徐真臨行之前，曾經造訪過晉王府，就帶著張素靈和凱薩，連同一般內侍，連夜趕到了晉王府。

李治聽了詳情之後，也是心頭驚駭，如此這般說法，卻是驗證了太子即將逼供謀反的內幕，可一切都只是口說無憑，若由他告到聖人那邊去，太子矢口否認，兩廂又要爭吵，聖人難免會覺得自己有奪嫡的嫌疑。

這李治只是個中庸之才，無太子李承乾這般決斷，當下猶豫不知所措，反倒是張素靈及時提醒了一番，說諸多逆臣賊子寫就了密信，交到了東宮那邊去。

這些個賊子都在密信之上留下來血印為證，又有各人的表態畫押投名狀，只要尋個合適的人兒，到東宮去，將那密信給偷竊出來，獻到聖人上頭，就算太子全身是嘴，也說不清楚這等事實了！

李治恍然大悟，然自己與兄長的關係日漸冷淡，實在找不到合適竊取的人選，李明達雖與自己親善，但同樣依賴太子哥哥，兩邊不好做人，只求平平安安，勸說了太子放棄謀反。

李治卻擔心李明達若果真去勸說，李承乾必定知曉事情敗露，以太子的心性果決，說不定會對李明達不利，故而也不敢放李明達到東宮去。

思來想去，卻是急中生智，到書房的秘閣之中，翻出了一封書信來！

那是當初徐真交予他的密信，乃老臣李綱[15]與魏王府長史杜楚客暗中溝通之時，被徐真和張久年奪來的密信！

這李綱不喜太子為人，卻看好多才多藝的魏王李泰，對中庸無能的李治也沒甚來往，此番李治手中有密信，也不信這李綱不來，連忙遣了親信去請。

李綱聽了晉王府心腹的轉達，知曉李治得了那封密信，嚇得三魂不見七魄，慌亂就趕到了晉王府。

李治也不與之廢話，卻是要送他一場大富貴，李綱雖然不討喜，但也是東宮之人，作

註

15 李綱官歷北周、隋、唐，教導過三個太子，分別是隋朝太子楊勇，唐初李建成，還有李承乾，三個其實都不得善終，然史上對李綱的評價頗高，在西元六三一年去世，考慮到人物需要，本作拖延時日，是為了塑造一個哀其不幸、怒其不爭的李承乾。

為太子李承乾的老師，能夠隨意出入東宮，想要竊取那謀反的密信，想來不是什麼難事。

但李治也是低估了李承乾和李綱之間的矛盾，如今正值關鍵時刻，李承乾提防著任何不相干的人，特別是李綱這等時常監督檢舉他的人，這李綱卻是無法入得東宮了！

不過他李綱也不是無謀之人，其素來與于志寧交好，遂應允了李治，招來于志寧，讓于志寧進入東宮去竊取密信。

這于志寧跟諸多東宮輔佐一樣，對李承乾不滿意久矣，動輒檢舉太子行為不端諸多事情，聽聞這等大事，也是驚駭到無以復加，不待五通鼓響，就入了東宮來，潛入到太子的書房之中搜尋。

太子也不是那種不警醒的人，聽聞于志寧入了東宮，急命人監察起來，聽說于志寧偷入自家書房，想著密信還在暗閣之中，慌忙趕將過來，卻發現密信早已被于志寧給偷了去，大怒如雷霆，命人追殺者于志寧去也！

且說李綱在東宮之外接應于志寧，過得這許久才見於志寧奔命而出，二人攜手逃難，諸多東宮衛士追趕出來，卻趕上天大亮，李承乾擔憂吸引了注意，連忙收回衛兵。

這密信一旦丟失，距離密謀敗露也就不遠了，李承乾心如死灰，卻又妄圖拚命一搏，將侯君集等人都召集起來，諸多兵馬聚攏在東宮，又引了數百突厥刺客，就要衝擊宮禁去！

再說張素靈將竊取密信的事情交托給了晉王李治，自己卻按照徐真事先的囑託，來到北門屯營，見了契苾何力。

契苾何力見得易容之後的張素靈，以為徐真又施展了分身之術，從那遙遠的齊州顯現了仙術，嚇出一身汗來。

張素靈也不戲耍這死忠的猛將，將東宮之作為都說清道明，契苾何力知曉聖主之苦心，每日見得聖人為這些個謀反的人傷心傷身，早已恨透了這幫亂臣賊子，當即點齊了北衙禁軍，暗自將宮禁重重守護起來，就等著東宮事發矣！

時有外臣阿史那社爾，同樣是死忠於陛下的臣子，與契苾何力有些交情，遂到東宮去打探情況，果見東宮封閉了起來，正想回去稟告，卻遇到了應招前來的紇干承基！

阿史那社爾對紇干承基有恩，遂遊說了一番，這紇干承基知曉大勢不可圖，也就臨陣倒戈，將謀反的事情都傾吐了出來，以求將功贖過。

得了實情之後，阿史那社爾仍舊讓紇干承基入東宮，免得太子生疑，自己去將了情報，到契苾何力處去訴說，契苾何力早已布好了防禦，又連忙將情報送入太極殿。此時張亮和李治等人也都等候著，竟然都是來報信的！

且說這邊早已布好了圈套，就等著李承乾和侯君集這等狼虎來投，而太子李承乾此刻卻將人馬都糾集在東宮府之中，作那熱血激蕩的誓師，免不得歃血為盟等事宜。

若說美中不足之處，卻是此中少了侯君集的兒子侯破虜以及段志玄的兒子段瓚！

這段瓚也算是蒙了祖蔭，其父段志玄經受不住長久沉痾，終究離了人世，他以守孝為由，拒了東宮之邀。

而這侯破虜卻自覺東宮事了，奪權在即，反而帶了數十家奴，戴了偽裝，趁徐真不在府邸，要將這神勇伯爵府給燒殺個乾淨，以洩心頭之恨！

於他所想，今日東宮事竟，其父子就能坐擁從龍之功，雙雙登上新朝的權威貴胄之寶座，以太子這般心性，少不得會被其父侯君集如木偶傀儡一般操控，今後富貴如雲煙，又有何所懼？

徐真將諸多弟兄連同神火營都帶往齊州，這神勇伯爵府中也就只剩下一干僕人，凱薩貼身護衛著李明達，摩崖則留在了李治府中，張素靈不敢再裝扮徐真，換了娘子妝容，陪伴李明達左右。

侯破虜帶人到了神勇伯爵府，也不敢打草驚蛇，等著東宮響動，只要宮廷發動變化，他就將徐真的根基給徹底拔除！

偌大的皇宮，繼漢王李元昌作亂之後，又將迎來一次叛變，只是讓人心碎的是，這次的主角卻是聖主曾經最疼愛的長子李承乾！

李世民沒有上朝，他將自己鎖在甘露殿的御書房之中，頭髮散亂，衣袍不整，御案傾翻在地，冊數制簡撒落遍地，他就這麼趺坐在文德聖長孫皇后的畫像前面，兀自落著眼淚。

他自問於家於國都是個好主人，國家治理得有法有度，國民安居樂業，軍將開疆拓土，文臣教化禮儀，萬國來朝，與有榮焉。

他對臣子極為優待，對家人更是不吝權勢，然而自從長孫皇后故去，就再也無人傾聽他的心聲，為他分憂排解。

李明達雖貼心，卻又經歷了假死一事，如今正當名分是徐真的妹妹徐思兒，雖入了宮，卻也無法整日相見，就要避免著諸多文臣的非議，作為一國之君，他仍舊謹小慎微，不敢太過獨裁。

可現在呢？

無論是兄弟還是子嗣，一個個開始反叛，先是七弟李元昌意圖刺殺，如今又有逆子李祐傻乎乎舉兵找死，這也就罷了，連自己的長子李承乾，都要反了他這個父親！

當初長孫無忌等一干老臣都要罷黜太子，重立儲君，他李世民仍舊捨不得這瘸腿的長子，三番數次挽留，頂著朝堂諸多非議，一直保護著李承乾。

而現在，正是這個自己苦苦守護的長子，居然受了挑唆，要逼供謀反，漫說李世民堂堂帝君，就是尋常百姓人家的家主，也受不了這等反叛！

念及此處，李世民不由發瘋了一般大叫，將地上那一堆堆的密奏都撕了個粉碎，待得走出御書房之時，卻妝容整肅，一如往常，不見一絲汙糟，只是那佈滿血絲的雙眸，見證著他內心的痛楚。

他遙望著東宮的方向，朝身邊人吩咐道：「況乎塚嗣，寧不鍾心，且將這一切，都結束了罷……」

一語言罷，瞬間蒼老。

第一百零二章

塵埃落定君集授首

時人常言，高處不勝寒，自古帝王多寂寞，雖睥睨天下，卻難免稱孤道寡，非君心難測，實則無人敢去揣摩。

時至於此，李世民反倒有些懊悔，若不將徐真派往齊州，如今也能聽一聽這小傢伙的說道，雖不敢胡亂指點，但李世民卻能夠真切感受得到，徐真雖沾染了些許奉承阿諛的官場習氣，但在他面前，還是保留著真摯的。

李世民又豈會不知所措，只是想找個人傾訴心聲，雖位居至高巔峰，卻如尋常人家那般，也想著發發家常牢騷，而這種欲望，越是臨老，越是熱切。

有契苾何力所領北衙門禁軍，東宮叛軍很快就被圍了起來，諸多將士清楚天國神兵的兇悍，紛紛繳械投降，獨獨李承乾招徠的突厥人抵死不從，被契苾何力引軍圍殺，又遭遇紇干承基內外接應，將之剿殺殆盡！

李承乾仍舊做著自家的美夢，直到這支突厥軍團滅亡徹底，那尊榮無比的帝王泡影才瞬間破滅，憶起父親的恩待，不免傷了情懷，跪倒於地，痛哭不已。

他本就不似李元昌這等梟雄，心中原無反意，只是受了諸多老臣長期的壓迫和不容一絲差池的檢視，自覺人生沒有任何的自由和空間，稍有失誤，動輒被告，他性子又娟舒爛漫，受不得約束，偏偏又坐了太子的位置。

到得最後，實在忍受不住，才受了侯君集等人的蠱惑，走上這條歧途來。

如今事情敗露，羞愧難當，自是流露出赤子本性，懊悔難耐，見得自家父君偕同一干兄弟姐妹和文武百官前來東宮，更是無地自容！

李明達知書達理，心懷善良，見著兄長如此落魄，心中大慟，滿朝文武也是沒情沒義的，怕與李承乾侯君集等逆反賊子沾染上關係，一個個巴不得撇個一乾二淨，唯獨太子左庶子于志寧、太子少師李綱二位，熱淚奪眶，跪於聖人身前，直言自己輔佐教導不善，以致太子妄行，替太子求情。

若無李綱和于志寧偷盜密信，東宮之事也不會提前敗露，於國家於聖人，二人實在仁至義盡，並無羞愧之虞。

然李綱乃經世大文士，于志寧又是起初秦王府十八學士，二人深知仁義道德，自覺教導無方，愧對於李承乾，今日事發，師徒三人抱頭痛哭，許久才拉扯開來。

李明達也不似那些個朝臣，其性聰慧，善解人意，溫柔嫻和，與諸多兄弟姐妹相親友愛，見著自家哥哥鑄下大錯，心頭疼惜，上前來安慰，自是感傷，情真意切，疼煞了人心。

聖人雖面容冰涼冷峻，心中卻是柔腸百轉的痛楚，奈何李承乾謀反坐實，卻不得不嚴厲懲處，以儆效尤。

賀蘭楚石與杜荷等盡皆心如死灰，唯獨侯君集賊心不死，見李明達和李承乾無依無靠，遂抽刀挾持了李明達，公然與聖人對峙！

「侯君集！朕待你不薄，如何辱我至此！事到如今，爾敢不醒悟嗎？」

聖人聲威聚下，周遭臣子軍士一個個心頭發顫，唯獨侯君集卻是鎮定自若，悲愴著仰天長笑，義正言辭地為自己辯護。

「我侯君集出身卑微，多得聖主提拔培養，然從軍半生，我侯君集替你立下多少大功大勞，數次三番出生入死，卻仍舊比不過李靖這般的假小人！我侯君集不曾愧對唐室半分半毫，如今的榮寵，都是我用命拼殺得來的，早已還了你李家！」

「你見我出身草莽，不受待見，我又豈能自甘墮落，弱智者待時而動，強勁者卻是造勢而為，若我侯君集不力爭奮進，又如何得到今日之高位！一切皆憑靠我雙手打拚，你如何敢說待我不薄！」

李世民沒想到侯君集臨死還如此忤逆不道，一番話說得有根有據，似乎天下人都虧欠於他一般，真真如那寧教我負天下人的曹阿瞞一般無二！

只是李明達落在對方手中，李世民也不敢激怒侯君集，只是嘆氣安撫道：「此話當真傷了朕的一番真情矣，當日兕兒遭難，輾轉吐谷渾才被徐真帶回來，朕早知朝中有人玩弄陰謀，欲加害雉奴（李治的小名），陰陽差錯卻誤劫了兕兒，朕又豈不知是爾等所為！」

「然朕念了爾等勞苦，一直守候，希圖爾等幡然醒悟，這才未有徹查嚴懲，沒想到了今日，爾等仍舊這般作態，這是將朕置於何處也！」

侯君集聞言，心頭頓時一震，想不到李世民早已清楚他們當時勾結了吐谷渾，欲除掉李治，卻誤劫了李明達的醜事，念及家中親眷，心肝兒也就軟了下來。

「聖上寬仁，是侯君集錯對了主人，但侯君集一生功績，卻不容抹殺，如今我持了你女兒，你自憂心傷痛，若我身死，一家老小無人看顧，豈非感同身受？某不敢奢求苟活，只希望聖人不要累及某之家眷……」

侯君集言至於此，面容悲切，心神頓失，卻被伺機而動的凱薩看到生機，雙刀攻來，架開了侯君集的刀刃，將李明達給救了下來！

沒了李明達作質，侯君集徹底沒了生存的依仗，卻是癱坐於地，哭笑交加，狀若瘋癲！

李世民將李明達拉入懷中，見得女兒相安無事，這才釋懷安心，其時李元昌新死，齊州還在平叛，他也沒有要殺李承乾之意，甚至連侯君集之命，他都想挽留一番。

到了這個時節，當初馬上爭天下的那幫老人，早死的死，老的也要將死，李世民真真成了孤家寡人，對於這幫老人，他是心有不捨，卻又怒其反叛，痛心難耐。

李世民這邊於心不忍，自問侯君集安定有功，諸多文武卻放之不過，盡皆諫言侯罪不容誅，天地難容，必殺之以振朝綱，必殺之以謝天下！

一番拿捏不得要領，李世民只有將獲罪之人盡皆投入囚牢之中，以待心靜，再做分曉。

這廂剛剛收拾停當，又傳來消息，說是神勇伯爵府遭遇匪徒燒殺，一干家僕扈從盡皆死了個乾淨！

這侯破虜也是個坑害親爹的貨色，父親侯君集為了保住家眷親子，不惜哀求聖主，這廝卻在如此關鍵時刻，又造下這等引禍之事來。

聖人心煩氣躁，整日在書房之中沉思哀嘆，遂一併將其緝捕入獄，授命三司，將東宮之事分理清晰不提。

想著大事憂心，卻無人分擔，聖人心中未免淒涼，將李明達召入宮中，由李明達煮起茶來，情到深處人孤獨，未免多些言語，李明達多有貼心慰問，又將自己的經歷傾倒出來，稍解了聖人苦悶。

只是她當時孤苦無依，只得徐真守護，雖刻意掩蓋，但言辭之中卻時常透露出對徐真的仰慕，感嘆徐真多智善謀，若在此處，必定能夠拿出個妥當的方案來。

李世民從見到第一次見到徐真，看到自己賜給女兒的鐵扳指，戴在了徐真的手上，就已經明白女兒的心意，這小半年對徐真一再查看考驗，也並無差池，心裡未免多了一個心思。

徐真自然不曉得長安城中，一對尊貴父女正在笑談自己的事蹟，此時他正跟隨著李勣，統帥九州府兵，要對齊州用強。

府兵還未到達，青、淄等州的府兵已然不聽李祐調令，李祐聽了燕弘亮等人之策，又傳檄文至於諸多郡縣，各縣卻不再跟從，又有人勸說齊王擄掠城中百姓，落入豆子崗為盜匪，事有未逮之際，卻有仁人志士暴起。

時齊王府兵曹杜行敏密謀執拿李祐，軍士多有從意，待得暗夜，杜行敏乃領軍鑿壁而入，李祐與燕弘亮諸人著鎧甲拿弓箭，躲藏於府中以期頑抗，卻被杜行敏排軍佈陣，將之包圍了起來！

這燕弘亮也是個不知死活的自大傢伙，自顧帶了人馬拚死抵抗，直至日頭高照，杜行敏竟無法攻破。

正艱難之時，有一彪先鋒疾馳入城池，正是徐真所領，將了聖人的詔書，欲孤身入見李祐，勸其迷途知返。

李祐到底是個耳根軟心腸又不硬氣的人，見得天使降臨，念起父親的威嚴，心裡早已怯了大半。

徐真不卑不亢，背弓箭挎長刀，昂然而入，一干亂賊莫不敢相害，紛紛讓出道路來，徐真一路來見了李祐，將聖主親筆詔書遞了上去。

李祐讀完了詔書，感受李世民字裡行間的恩情，涕淚齊落，心中早有了降服之意，徐真又趁機說服道：「大王昔日為帝子，今日卻淪為國賊，諸多忠勇為國討賊，更無所顧忌，若大王還不速降，當化為煨燼矣！」

徐真一語言畢，手掌中噗地跳出烈焰來，諸多齊州賊子哪裡見過徐真幻術，皆以為徐真果乃宿命眷顧之天使，當即拜倒了大半！

李祐還在遲疑，卻見得府外人影走動，卻是杜行敏早先得了徐真的交代，命人於府外堆積如山薪草，就要將這府中賊子全數燒死！

到了此時，李祐終於心驚而妥協，卻又對徐真為難道：「非我不願出降，乃恐弘亮弟兄性命難保……」

徐真聞言，不免唏噓，這李祐對燕弘亮的信託，竟到了如斯地步！

為避免殺傷人命，徐真當即允諾，不傷燕弘亮，李祐這才出了府邸來投降，杜行敏的弟兄多有死傷，於府中揪出了燕弘亮來，剜其眼珠投擲於地，餘皆搗折其股而殺之，待徐真趕來，燕弘亮已然死得不能再死……

第一百零三章

為保承乾徐真挺身

九州府兵聲勢浩大而來，卻兵不血刃而去，杜行敏抓獲李祐，繞城而示眾，關押於王府東廂，齊州之亂由是平定，李勣領軍入城，各自撫民，一邊上表奏聞，一邊押解了李祐，送至長安，同黨四十餘人一併誅殺，吊於城頭示眾，其餘人等既往不咎，齊州民眾由是降服安定。

李勣帶著徐真和杜行敏等一干有功之臣，入朝覲見，聖人不悲不喜，平了叛亂，卻又少了一個兒子，加上太子之事，憂煩未消，也無甚寬慰可言，但未免寒了人心，還是授杜行敏為巴州刺史，封南陽郡公，其餘諸人皆有賞賜。

這李祐性格乖張，頗為聖人不喜，朝堂之上仍舊自恃血統，篤定了聖人不敢殺之，李世民正為李承乾生死所擾，受不得李祐的氣，遂以謀反之罪，貶為庶人，賜死於太極宮內省，蓋因無子，國封盡除。

聖人到底寵愛太子，日夜牽掛卻不得方法，如何也處置不下，遂將一干從犯作了處理，杜荷等人盡皆斬首，抄沒家產，親眷多有流放。

至於侯君集，聖人念顧多年舊功，親至牢獄之中訣別，但言從龍多年，不忍刀筆吏辱之，侯君集回憶舊時光，悔恨難當，趁勢替家人求饒，聖人一併赦免。

未過幾日，侯君集授首，妻子得以赦免，流放嶺南，而張亮、紇干承基等人檢舉有功，皆由封賞。

段瓚由於未參與過深，並未受到牽連，其父病危之時，聖人嘗親自慰問，打算封段瓚，其父卻請求將官職轉封叔父段志感，大抵段公有先見之明，才不使兒子深陷權爭之泥沼。及段公病逝，追贈輔國大將軍，揚州都督，諡號莊肅，並陪葬於昭陵，段瓚此番也得了封賞，遠離了長安。

連那賀蘭楚石，都因為在受審期間，主動揭發了侯君集的罪行，而獲得了赦免，謀反一案盡數清算，唯獨太子之事，終無定論。

聖人將其幽禁別室，召見司徒長孫無忌、司空房玄齡、特進蕭瑀、兵部尚書李勣、中書侍郎岑文本、諫議大夫褚遂良等以參，然無人敢提議。

事皆明驗，線索清晰，按律當誅，聖人自是心知肚明，然太子之所作所為固然使得聖人失望，可畢竟是聖人疼愛的長子，為了將其培養成合格的儲君，聖人可謂費盡了心血和精力。聖人終究是丟不下愛子，奈何聖人執法自律，總不能公然抗法，所謂天子犯法與庶民同罪是也。

諸多臣子深諳這份父子情誼，然又各懷鬼胎，如長孫無忌之流，有大野心，早想著扶植晉王李治，岑文本等又看好魏王李泰，都恨不得徹底將太子從聖人心頭抹去，此番一個個噤若寒蟬，不敢諫言。

徐真依稀記得史料所載，有個什麼通事舍人的小官站了出來，於朝堂之上為太子求情，給了聖人一個臺階，終於保住了太子的小命。

然等待了許久，也不見那史料之中的小官挺身而出，遲疑了片刻，終於出列而奏曰：「臣位卑言輕，然心中有言，不吐則不快……」

李世民見諸多大臣無人出頭，正滿懷失望，見得徐真出列，頓時心頭暗喜，卻又強捺下來，假裝隨意道：「徐卿可直言無妨。」

徐真這才直起身子來，奏聞道：「陛下上不失作慈父，下得盡天年，即為善矣，夫太子之誤，何嘗不是教育制度所壓迫，臣雖為武將，但自認朝廷當重視教育，多顧學宮，以免再次重演太子這番事情……」

徐真要給聖人一個臺階下，這也不是什麼壞事，壞就壞在他最後那段話，雖替太子開脫，卻將罪責推到了教育上來，這般一來，諸多文臣又豈能容忍，紛紛將徐真視為無知莽夫，一言蔽之，樹敵無數！

然聖人聞言卻是心頭安定了下來，頗為認同徐真的言論，李綱和于志寧等慌忙出列認罪，聖人當然不會遷罪，又讓一干文臣拿出政策來，扶持國子監等學問之地，免得疏忽了人心教育。

諸人知曉聖人與徐真做戲，惶恐了一陣就安靜了下來，是故將李承乾廢為庶人，流放黔州，終於是保住了性命。

長孫無忌見有時機，又趁勢舉奏，言稱晉王李治多有經緯之才，可主導文事，期盼聖上栽培。

這廂才了結李承乾的事情，長孫無忌就急於支撐晉王李治，諸人也嗅聞得出來，太子廢黜之後，重新立儲就需提上議程，這長孫無忌倒是不顧聖人心意，如此交鬮的時機，就開始搶佔先機。

時晉王年不過二十，心性尚幼，長孫無忌多弄權術，又是晉王的舅父，其中陰暗，難免使人猜度。

岑文本和褚遂良等一干正直臣子，則認為魏王多才厚學，又寵冠諸多皇子，乃聖人最愛，宜立魏王。

遂反駁長孫無忌，稱魏王自幼善學而多智，聖上嘗以李泰好文學，禮接士大夫，特命於其府別置文學館，自行引召學士，魏王泰更是著作等身，早於貞觀十二年就大開館舍，廣延才俊，耗費三年時間，編纂巨作《括地志》。

此志乃地理人文風俗大作，凡五百餘卷，記述貞觀年間地理風物、疆域區分和州縣設置，博采經傳地志，旁求故事舊聞，詳載各地山川物產，古跡風俗，人物掌故等等，歷時三年而就，獻與聖人，龍顏大悅。

聖人命人收納於宮中秘閣，對魏王李泰的賞賜，甚至超越了太子李承乾，為之多受爭議，不得不提高太子待遇，變相寵愛李泰。

若說皇子之中，論文治武功，吳王李恪與當今聖人最是肖像，但若論寵愛，無疑是魏王李泰當之無愧奪了魁。

諸多臣子之中，支持李泰者也是為數眾多，甚至於柴紹之子、駙馬都尉柴令武和房玄齡之子房遺愛都公然支持魏王李泰。

這些人見岑文本和褚遂良出班而奏，紛紛力挺李泰，長孫無忌這邊同樣毫不示弱，兩廂爭執不下，卻是讓聖人心頭悲涼。

起初他想要保存李承乾，除了徐真之外，竟無一人挺身而出，一個個自保名節，可到了如今，一個個又開始為各自的人選吵鬧爭執，一番相較之下，讓李世民頗感心灰意冷。

往偌大朝堂望下去，諸多臣子如跳梁小丑，唯獨徐真不卑不亢，寧可與百官為敵，也挺身而出，為聖人保住了李承乾，雖出身卑微，但卻能夠設身處地為他李世民切實考慮，排憂解難。

李世民不免嘆息，這還是朕當初想要的朝堂嗎？

念及此處，再無議事的心緒，草草罷了朝，卻命人將徐真私召入了宮，這次卻不是在甘露殿的御書房，而是在丹霞殿，小丫頭李明達也在場。

李明達就不見徐真，見得他安然而返，莫名開懷，顧不得聖人在場，皺著鼻子嬌嗔道：

「這世間哪有你這等無賴的哥哥，將自家妹子丟下，回來了也不言不語！」

徐真不敢在聖人面前撒野，若接了話頭，可真就將李明達當成自家妹子，未免有借勢上位之嫌疑了。

聖人卻洞若觀火，知曉徐真不願借助李明達來上位，而是真心愛待李明達，心頭就越發喜歡徐真，反倒難得一笑道：「這等哥哥，確實該罰，兕兒你倒是說說，該如何處罰徐卿為好？」

這年後的數月，乃是李世民最為艱辛的日子，先是漢王李元昌刺殺，再到齊王李祐，如今又是太子李承乾，了結了這樁事之後，又要為立儲的事情煩心。難得與李明達相聚，見得李明達的可愛常態，終於是撥開了內心的陰霾，暫時忘卻了眼前的諸多煩心之事。

徐真見龍顏大悅，也放下了拘謹，笑著陪道：「是徐某不對，但由聖人裁決。」

李明達見不得徐真裝模作樣的假正經，抓了一顆酥就丟了過去，徐真本能地躲過，卻忘記了聖人在側，怒罵道：「丫頭！你敢！」

這話兒剛出口，才察覺不對勁，一張臉頓時滾燙通紅起來，稍稍抬頭偷看了聖人一眼，卻見李世民和李明達含笑看著自己，徐真也是嘿嘿訕笑，而後三人哈哈大笑起來。

放下了帝王架子的李世民，不得不說非常的具有個人魅力，他不是那不經風雨的繼承帝君，而是馬上開國的戰將，年少時多有閱歷，此時與徐真二人回首往事，卻別有一番壯闊，聽得徐真和李明達心馳神往。

過得許久，似乎想到了侯君集，聖人又止住了話頭，生怕又將自己的好心情驅散了去，連忙問徐真道：「徐真，我怎麼聽說你不在齊州平叛，反而偷偷跑回來四處攪局？」

徐真心頭一緊，知曉自己安排張素靈和摩崖勸服張亮等人的事情估計是讓聖人知曉了，當即尋思計策來。

這分身之術每有奇效，徐真斷然不可能坦誠以告，遂撐硬了脖頸分辨道：「徐真就算有三百個膽子，也不敢違抗聖命偷偷跑回來，這齊州一行，自有李勣公為某作證……」

李世民也是拿他沒辦法，卻不提李勣，反而質問道：「真不敢違抗聖命？我怎麼聽說當初征討吐谷渾的時候，你還違抗軍命，私自分兵救張掖？」

「這……」徐真頓時憋紅了臉，沒想到聖人對他的事蹟瞭解得如此透徹，反倒是李明達要起機靈，見徐真困窘，當即指著笑道：「沒膽的大騙子，我家大人要你玩呢，真要治你的罪，你也該死個好幾回了！」

李世民聞言，頓時哈哈大笑，徐真由作勢怒瞪李明達，三人其樂融融，然而三人心中都知道，這大唐的朝廷，又將迎來一波明爭暗鬥了，且將諸多煩心之事暫時放下，享受這片刻的歡樂罷了……

唐師　參章　多事之秋　完

ACP0066

唐師 參章：多事之秋

作　　者—離人望左岸
編　　輯—黃煜智
封面設計—莊謹銘
內頁排版—李宜芝
董 事 長
總 經 理—趙政岷
出 版 者—時報文化出版企業股份有限公司
10803 台北市和平西路三段 240 號七樓
發行專線—（02）2306-6842
讀者服務專線—0800-231-705、（02）2304-7103
讀者服務傳真—（02）2304-6858
郵撥—1934-4724 時報文化出版公司
信箱—台北郵政 79 ～ 99 信箱
時報悅讀網—www.readingtimes.com.tw
電子郵件信箱—ctliving@readingtimes.com.tw
時報思潮線—www.facebook.com/trendage
法律顧問—理律法律事務所　陳長文律師、李念祖律師
印　　刷—盈昌印刷有限公司
初版一刷—二〇一五年十月二十三日
定　　價—新台幣二五〇元

國家圖書館出版品預行編目資料

唐師 初章 / 離人望左岸作 . -- 初版 . --
臺北市 : 時報文化 , 2015.10
面； 公分

ISBN 978-957-13-6389-9(平裝)

857.7　　104017095

ISBN 978-957-13-6389-9
Printed in Taiwan